文庫

すらすら読める源氏物語(中)

瀬戸内寂聴

講談社

悲劇のクライマックス

この中巻には「若菜 上」、「若菜 下」と「柏木」を収めている。

「若菜」の帖は、多くの学者、研究家、作家たちから五十四帖の中で最も面白いと評価され、絶讃されてきた。折口信夫氏も「源氏は若菜から読めばいい」とまで言われている。上、下合わせて、一冊の本になる分量だけでも、紫式部がこの帖に力をそそいだ情熱が感じられる。筆つきにも作者自身の筆の弾み、心の弾みが感じられる。

小説というものは、あらかじめ構成を立てて書きはじめても、作中人物がある時から命を持ちはじめることがある。すると、作者の思い通りには動かなくなり、勝手に行動を始めたり喋ったりする。そうなると作者の筆は、作中人物の意のままに走るしかない。小説の実作者なら、おそらくそうした経験を持っていることだろう。その時、その作品は、作者の意図以上のものになっていることが多い。

「源氏物語」を書き進むうち、紫式部は様々な人物を創造し、それぞれにユニークな性格を与えてきたが、「若菜」の帖に至って、作中人物が真に生命を得て、活き活きと動き出したのではないだろうか。「若菜」の面白さは、この帖に至って源氏が初めて心底から人生の苦悩を味わうことにある。

「桐壺」から「藤裏葉」までの三十三帖が第一部と呼ばれ、源氏の生涯の最盛期までの話が語られてきた。上巻に収めたところである。それまでの源氏は、美しく華やかで、きらびやかでさえあった。若き日の源氏は、これと思う女のすべてを手に入れることが出来た。臣籍に下ったとはいえ、あくまで皇子である源氏は、官界での栄達も他を圧して、ほしいままであった。須磨流謫の悲運さえ、政界に返り咲くための、むしろ強靭なばねのような役目を果たす。

六条の院のハレムを築き、准太上天皇に登りつめ、栄華の極みに達した時、初めて玉鬘を鬚黒の右大将に奪われるという、珍しい失恋を味わうが、世間には自分の落胆を感づかせず、あくまで玉鬘の養父の面目を保ち、盛大な結婚式をしてやるだけの余裕を誇示していた。

「若菜」以後は源氏の中年の物語に入り、死去を暗示した題名だけの「雲隠」までの九帖（五十四帖の中に「雲隠」は含まれていない）を第二部とする。光源氏三十九歳から五十二歳までの話で、この時期をこの巻に収めている。源氏は、最愛の紫の上の死を見送った後一年ばかり経って出家し、その後、二、三年嵯峨に隠棲の後に、死んだらしいということになっている。その発端が「若菜」で、ここから、基調や、思想、文体などが変ると古来言われてきた。

まず、「若菜」がこれまでの各帖と明らかに違っているのは、全篇に漂う、暗さと重さであり、文章では、目立って会話が長くなっている点であろう。源氏は特によく喋る。自分の心情を説明し、紫の上に言い訳する時とか、過去の女たちの品定めをして聞かせる時とかに特に会話は長くなる。会話が長い分、源氏の心情がよく読者には伝わってくる。

紫の上はこれから源氏とふたりして、ようやく穏やかな余生を楽しもうと思っていた矢先にその夢も破られ、全く予期しなかった女三の宮の降嫁という事件で、源氏への不信を抜きがたいものにする。繰り返し源氏に懇望する出家への願いは、紫の上の心の底からの切ない叫びである。それすら、源氏は自分の願望のため許さない。出家者は性交を絶たなければならぬという仏教の戒律(かいりつ)が、この時代はまだ厳然と生きていたからである。

幼い時から源氏に育てられ、共に一つ家に暮してきた紫の上は、何一つ源氏の許可なくしては行動することが出来なかった。「若菜」上、下の帖で繰り返し出家の許可を源氏に請(こ)う紫の上の深い心の闇を見逃すことは出来ない。無邪気で活力にみちた女の子が、三十年近い歳月の後には、こんな不幸な女になろうとは誰に想像が出来ただろう。

おそらく作者の紫式部自身さえ予期しなかった紫の上の運命ではなかっただろうか。

最愛の紫の上にこの不幸を与えた女三の宮の降嫁を、源氏は断ることが出来た筈(はず)であった。断りきれなかったのは、朱雀院(すざくいん)の懇願のせいではなく、女三の宮が藤壺(ふじつぼ)の妹の娘という点にある。あの恋しい藤壺の兄の娘が紫の上で、藤壺の俤(おもかげ)をよく伝えていたからこそ源氏が一目で惹(ひ)かれたことを忘れてはならない。同じ藤壺の姪なら、女三の宮も藤壺の俤を伝えているのではないかという興味と好奇心、それにもはや四十を迎える源氏にとっては女三の宮の十三、四という若さもまた好色(すき)心をそそのかされる要因になっていた筈である。つまり源氏は朱雀院の頼みに負けたふりをして、自分の好色心を満足させたかったのだ。聡明な紫の上はそれさえも見抜いていたのだろう。
源氏に対して常に負け犬の立場にあった朱雀院が、女三の宮の婿として、父のような源氏を、しかもその好色多情さを、厭(いや)というほど知らされている源氏を選ぶとは。この選択の誤りを朱雀院は間もなく思い知らされるが、はからずも女三の宮と柏木の密通という事件で、源氏に手ひどい打撃を与えた結果を見れば、朱雀院は全く図らざる復讐(ふくしゅう)をここで源氏にとげたという皮肉な結末にならないだろうか。

柏木の悲恋は、すでに源氏に失われてしまった若さのもたらしたもので、青春のみが持つ打算のない純情と一途さとエネルギーによる。地位も命も捨てる恋に殉じる柏木は、痛ましいけれど、同情を誘う。

密通を知った後の源氏の残酷な意地悪は、若いふたりにとっては耐えがたい痛手であった。源氏は自分がコキュにされて初めて、昔父帝を裏切った自分の罪に思いをはせ、桐壺帝はすべてを知っていたのではないかと思う。その場面は重要で印象的である。果たして桐壺帝は藤壺と源氏の不倫の恋を承知しながら、源氏の不義の子を、自分の子として抱いたのであろうか。これは読者に永遠に投げかけられた謎であろう。

「若菜」の無類の面白さは、人物の一人一人の複雑な心理描写の克明さによる。たとえば、柏木と女三の宮を取り持つ小侍従(こじじゅう)の個性的な性格や、言動も面白い。柏木にも、女三の宮にさえも、小侍従は遠慮のない辛辣(しんらつ)な口をきく。柏木も女三の宮も小侍従にこてんぱんにやりこめられ、馬鹿にされる。この浅はかでおっちょこちょいの小侍従がいなければ、ふたりの悲劇は起らなかったことを思えば、紫式部の傍役(わきやく)設定の用意周到さに、改めて驚かされるのである。

もっともっと、将来に波乱が起り、悲劇と破局があることを予想させて、「若菜」は意味ありげに幕を閉じるのである。近代小説を読むような心理描写こそ、この帖の特筆すべき点であろう。

朱雀院の帝、ありし御幸の後、そのころほひより、例ならずなやみわたらせたまふ。もとよりあつしくおはします中に、

若菜（わかな）下……121

ことわりとは思へども、うれたくも言へるかな、いでや、なぞ、かくことなることなきあへしらひばかりを慰めにては、いかが過ぐさむ、

柏木（かしわぎ）……223

衛門督の君、かくのみなやみわたりたまふこと、なほおこたらで、年も返りぬ。大臣、北の方思し嘆くさまを見たてまつるに、

すらすら読める源氏物語（中）

若菜 上

朱雀院の帝、ありし御幸の後、そのころほひより、例ならずなやみわたらせたまふ。もとよりあつしくおはします中に、このたびはもの心細く思しめされて、

朱雀院「年ごろ行ひの本意深きを、后の宮のおはしましつるほどは、よろづ

光源氏（三十九～四十一歳）

朱雀院は、先日の六条の院への行幸があったあたりから、ずっと御体調を崩され御病気でいらっしゃいます。もともと御病身でいらっしゃいましたが、この度はとりわけ御病気を心細くお感じになられました。

「長年の間、出家の願いが強かったのだが、母君の大后が御在世の頃は、何事につけても御遠慮して、今まで決心がつかなかったのだけれど、やはり出離の道に心が惹かれるのだろうか、何

憚りきこえさせたまひて、今まで思しとどこほりつるを、なほその方にもよほすにやあらむ、世に久しかるまじき心地なんする」などのたまはせて、さるべき御心まうけどもせさせたまふ。

御子たちは、春宮をおきたてまつりて、女宮たちなむ四ところおはしましける。その中に、藤壺と聞こえしは、先帝の源氏にぞおはしましける、まだ坊と聞こえさせしとき参りたまひて、

だかもう長くは生きていられないような気がする」など仰せられて、御出家なさるための、御用意をあれこれとあそばされるのでした。

御子たちは、東宮のほかに、姫宮が四人いらっしゃいます。朱雀院のお妃たちの中で藤壺の女御と申し上げたお方は、先帝の皇女で、先帝の御在位の時に臣下になられ、源氏の姓を賜わったお方でした。朱雀院がまだ東宮でいられた頃に入内なさって、やがては后の位にもお定まりになるべき筈でし

高き位にも定まりたまふべかりし人の、とりたてたる御後見もおはせず、母方もその筋となくものはかなき更衣腹にてものしたまひければ、御まじらひのほども心細げにて、大后の、尚侍を参らせたてまつりたまひて、かたはらに並ぶ人なくもてなしきこえたまひなどせしほどに、気おされて、帝も御心の中にいとほしきものには思ひきこえさせたまひなが

た。ところがこれといった御後見もいらっしゃらず、母君のお家柄も大したことはなく、頼りない更衣腹の御誕生でしたから、入内後のお暮しぶりも心細そうでした。

弘徽殿の大后が朧月夜の尚侍を後宮にお入れになって、まわりの方々がとても肩を並べられないほどに、後押しなさいましたので、藤壺の女御は気圧されてしまい、帝もお心のうちでは可哀そうにと、いじらしくお思いになりながら、御退位なさいましたので、女御はとうとう御運を逃してしまわれ、今更仕方なく、残念で、御自分の運命を恨めしくお思いの中に、お亡くなりになられました。

ら、おりさせたまひにしかば、かひなく口惜しくて、世の中を恨みたるやうにて亡せたまひにし、その御腹の女三の宮を、あまたの御中にすぐれてかなしきものに思ひかしづききこえたまふ。

そのほど御年十三四ばかりおはす。今は、と背き捨て、山籠りしなむ後の世にたちとまりて、誰を頼む蔭にてものしたまはむとすらむ、とただこの御

そのお方の忘れ形見の女三の宮を、朱雀院は大勢いらっしゃる女宮の中でも、とりわけ可愛くお思いになって、大切にお育てになっていらっしゃいます。

その頃、お年は十三、四でございました。今を限りと、憂き世の縁を断ち、山籠りしてしまったら、女三の宮は後に取り遺されて、誰を頼りにして生きていかれるだろうかと、ただこの宮のお身の上ばかりをお案じなさりお嘆きでいらっしゃいました。

事をうしろめたく思し嘆く。

西山なる御寺造りはてて、移ろはせたまはんほどの御いそぎをせさせたまふにそへて、またこの宮の御裳着のことを思しいそがせたまふ。院の内にやむごとなく思す御宝物、御調度どもをばさらにもいはず、はかなき遊び物まで、すこしゆゑあるかぎりをば、ただこの御方にと渡したてまつらせたまひて、その次々をなむ、他御子たちに

西山のお寺の造営が終りまして、そこへお移りになる御支度をなさいますのと同時に、この女三の宮の御裳着についても御用意あそばすのでした。院の御所に御秘蔵していらっしゃる御宝物や、御調度類は言うまでもなく、ほんのお手遊びのお道具まで、少しでも由緒のあるものは、すっかりこの宮にだけおあげになりまして、ほかのお子たちには、その残りの品々をお分けになるのでした。

は、御処分どもありける。朝夕にこの御事を思し嘆く。年暮れゆくままに、御なやみまことに重くなりまさらせたまひて、御簾の外にも出でさせたまはず。御物の怪にて、時々なやませたまふこともありつれど、いとかくうちはへをやみなきさまにはおはしまさざりつるを、この度はなほ限りなりと思しめしたり。

六条院よりも御とぶらひしばしば

明けても暮れても朱雀院は女三の宮のことを御心配になり嘆いていらっしゃいます。その年も暮れゆくにつれて、御病気がほんとうに重くお進みになられて、御簾の外にもお出になりません。これまで御物の怪のためにときどき御病気になられることもありましたが、こんなにいつまでも長くつづいて絶え間なくお苦しいということはなかったので、今度ばかりは、もう最期だとお思いになりました。

六条の院からもお見舞いがしきりに

ありみづからも参りたまふべきよし聞こしめして、院はいといたく喜びきこえさせたまふ。

中納言の君参りたまへるを、御簾の内に召し入れて、御物語こまやかなり。二十にもまだわづかなるほどなれど、いとよくととのひすぐして、容貌も盛りににほひて、いみじくきよらなるを、御目にとどめてうちまもらせたまひつつ、このもてわづらはせたまふ

寄せられます。源氏の君御自身もお伺いなさるとおっしゃるのをお聞きになって、朱雀院はたいそうお喜びになります。

まず夕霧の中納言が参上なさいました。こまやかに御物語をなさいます。夕霧の中納言は、まだ二十にも足りないくらいのお若さですけれど、すっかり整っていて、御器量も今を盛りに色艶が輝くようで、たいそう綺麗なのに、朱雀院はお目をとめていらっしゃいます。今その処置にお悩みになっていらっしゃる女三の宮の御結婚の相手に、この人物はどうかなど、お心の中で人知れずお考えつきになられます。

姫宮の御後見にこれをやなど、人知れず思しよりけり。

朱雀院「いますこしものをも思ひ知りたまふほどまで見過ぐさむとこそは、年ごろ念じつるを、深き本意も遂げずなりぬべき心地のするに思ひもよほされてなむ。かの六条の大殿は、げに、さりとももの心得て、うしろやすき方はこよなかりなむを、方々にあまたものせらるべき人々を知るべきにもあ

朱雀院は、「女三の宮がもう少し世間のことにも分別がおつきになる年頃まで、わたしが見守ってあげようと考えてきたのだけれど、このままでは、深い出家の望みも遂げずに終りそうな気がして、つい心がせかされる。あの六条の院の源氏の君は、乳母の言うように、実によくもののわかったお方で、安心して姫宮を任せられるという点では、この上ない人物だ。

あちこちにお世話する女君たちが大勢おられることは、あまり問題にしないでもいいだろう。とにもかくにも、

らずかし。とてもかくても人の心からなり。のどかに落ちゐて、おほかたの世の例とも、うしろやすき方は並びなくものせらるる人なり。

さらで、よろしかるべき人、誰ばかりかはあらむ。兵部卿宮、人柄はめやすしかし、同じ筋にて、他人とわきまへおとしむべきにはあらねど、あまりいたくなよびよしめくほどに、重き方おくれて、すこし軽びたるおぼえ

その辺のことは、どっちみち本人の心がけ次第だろう。あの源氏の君なら、悠然と落ち着いていて、広く世間の模範として崇められてもいるし、この上なく行く末が信頼できる安心な点では、またとないお方だ。

そのほかには、婿としてまあかなり適当な人物といえば、誰がいるだろう。蛍兵部卿の宮も、人柄は無難だし、わたしとは兄弟どうしだから、他人扱いして悪く言いたくはないが、あまりにも風流ぶっていて柔弱なので、重々しいところが乏しくて、どうもすこし軽薄な印象が強い。やはり、そんな人物は、頼りなく思われる。

や進みにたらむ。なほさる人はいと頼もしげなくなむある。

また、大納言の朝臣の、家司望むなる、さる方にものまめやかなるべきことにはあなれど、さすがにいかにぞや。さやうにおしなべたる際は、なほめざましくなむあるべき。昔も、かうやうなる選びには、何ごとも人にことなるおぼえあるに事よりてこそありけれ。ただひとへにまたなく用ゐむ方ば

また大納言の朝臣が、女三の宮を後見する家司になりたがっているそうだが、その方面では、まあ相応に実直に勤めるだろうが、さて、どんなものか。その程度の身分の者では、やはり不似合いでおかしいだろう。昔も、こうした婿選びには、万事につけて人に秀れた声望のある人物に落ち着いたものだ。ただひたすら妻を大切にしそうだという点だけを取り柄に婿を決めてしまうのは、いかにも遺憾でもの足りないように思う。

かりを、かしこきことに思ひ定めむは、いと飽かず口惜しかるべきわざになむ。

右衛門督の下にわぶなるよし、尚侍のものせられし、その人ばかりなむ、位などいますこしものめかしきほどになりなば、などかはとも思ひよりぬべきを、まだ年いと若くて、むげに軽びたるほどなり。高き心ざし深くて、やもめにて過ぐしつつ、いたくし

柏木の右衛門の督が、内々女三の宮に心を寄せてやきもきしていると、朧月夜の尚侍も話していたが、あれほどの人物なら、位がもう少し人並みに上がれば、何の不足があろうかと思いもするが、まだ年も若すぎて、身分もさっぱり貫禄がない。高貴な女性を妻にという、結婚に高い理想を持っていて、今も独身を通して、焦らず落ち着いて志を高く保っている態度は、人より抜きんでているし、漢学の才など

づまり思ひあがれる気色人には抜けて、才などもこともなく、つひには世のかためとなるべき人なれば、行く末も頼もしけれど、なほまたこのためにと思ひはてむには限りぞあるや」と、よろづに思しわづらひたり。

年も暮れぬ。朱雀院には、御心地なほおこたるさまにもおはしまさねば、よろづあわたたしく思し立ちて、御裳着のこと思しいそぐさま、来し方行く

も優秀で、行く末は必ず天下の柱石となるにちがいない人物だ。将来も頼もしいが、やはり女三の宮の婿として、今取り決めてしまうには、身分の上から充分とは言いかねる」と、あれこれ考え悩んでいらっしゃいます。

その年もおしつまりました。朱雀院は相変わらず御病気がお悪いままなので、何かとお心がせかれて女三の宮の御裳着の式を思い立たれて、そのお支度をお急ぎになります。後にも先にもまたとはないような厳かな盛大な式に

先ありがたげなるまでいつくしくののしる。

親王たち八人、殿上人はたさらにもいはず、内裏、春宮の残らず参り集ひて、いかめしき御いそぎの響きなり。

御心地いと苦しきを念じつつ、思し起こして、この御いそぎはてぬれば、三日過ぐして、つひに御髪おろしたまふ。よろしきほどの人の上にてだに、

なる様子で、誰も彼も大騒ぎしています。

親王たちが八人のほかに、殿上人は言うまでもなく、宮中や東宮御所の人々も、一人残らず出席して、世にも盛大な裳着の式となりました。

朱雀院は、御気分がたいそうお苦しいのを御辛抱なさりながら、御無理をなさってこの裳着の儀式を無事におすませになりました。その三日後に御決心なさって、ついに御落飾なさいました。普通の身分の者でさえ、いよいよ出家して剃髪するとなればまわりは悲しいものですが、まして朱雀院の場合は、ひとしおおいたわしく、お妃の御

今はとてさま変るは悲しげなるわざなれば、ましていとあはれげに御方々も思しまどふ。

六条院も、すこし御心地よろしくと聞きたてまつらせたまひて、参りたまふ。

院にはいみじく待ちよろこびきこえさせたまひて、苦しき御心地を思し強りて御対面あり。うるはしきさまならず、ただおはします方に、御座よそひ

方々もどうしようもなく悲しみにくれていらっしゃいます。

六条の院の源氏の君も、朱雀院が少し御気分がおよろしいとお聞きになられて、参上なさいます。

朱雀院はこの御訪問をたいそうお待ちかねでお喜びになり、御病気の苦しさに強いて気を張られ、お元気を出されて、お会いになりました。格式ばったことはなさらず、ただいつもの院のお居間に、お席をもう一つ加えて、お迎えになります。御落飾あそばされ、あまりにも変わりはてた朱雀院のお姿

加へて入れたてまつりたまふ。変りたまへる御ありさま見たてまつりたまふに、来し方行く先くれて、悲しくとめがたく思さるれば、とみにもえためらひたまはず。

院ももの心細く思さるるに、え心強からず、うちしほたれたまひつつ、昔今の御物語、いと弱げに聞こえさせたまひて

思しおきてたるさまなど、くはしく

を、目の当たりになさいました時に、源氏の君は、過去も未来も真っ暗でわからなくなり、悲しさに涙がとめどなくあふれそうにおなりで、とっさにそれをとめることもお出来になりません。

　朱雀院も何かと心細いお気持の時でしたから、もうこらえきれず、しおしおと涙ぐまれながら、昔や今のお話をいかにも弱々しそうなお声でなさいます。

　かねてお考えになっておかれた後々のことなどを、くわしくお話しなさる

のたまはするついでに、朱雀院「皇女たちを、あまたうち捨てはべるなむ心苦しき。中にも、また思ひゆづる人なきをば、とりわきてうしろめたく見わづらひはべる」とて、まほにはあらぬ御気色を、心苦しく見たてまつりたまふ。

御心の中にも、さすがにゆかしき御ありさまなれば、思し過ぐしがたくて、

ついでに、「姫宮たちを幾人もあとに残して捨てて行くのが可哀そうで辛いのです。その中でも、ほかに世話を頼む人のない姫宮のことが、とりわけ気がかりで苦に病んでいます」と、はっきりとは女三の宮との御縁談を切り出せない御様子を、源氏の君はお気の毒にお思いになります。

内心お気持の惹かれている姫宮のことなので、お聞き過しにはなれなくて、

源氏「げにただ人よりも、かかる筋には、私ざまの御後見なきは、口惜しげなるわざになむはべりける。春宮かくておはしませば、いとかしこき末の世のまうけの君と、天の下の頼みどころに仰ぎきこえさするを、ましてこのことと聞こえおかせたまはんことは、一事としておろそかに軽め申したまふべきにはべらねば、さらに行く先のこと思し悩むべきにもはべらねど、げに

「ごもっともです。並々の身分の場合と違い内親王ともなれば、親身にお世話申し上げる御後見役のないのは、いかにも不都合なことでございます。幸いご立派な東宮がいらっしゃって、こんな末世には過ぎた、実にすばらしい将来の帝だと、世間でもこぞって頼みにして崇拝しております。まして、こちらの院から、これだけは是非にとお話しなさいましたことなら、一事としておろそかにお扱いなさる筈もございません。将来のことなど、一向に御心配にも及びませんが、いかにも物事には限りがありますから、東宮が御即位になり、天下の政治はすべてお心のままという状態になりましても、姫宮お

事限りあれば、おほやけとなりたまひ、世の政御心にかなふべしとはいひながら、女の御ために、何ばかりのけざやかなる御心寄せあるべきにもはべらざりけり。すべて女の御ためには、さまざままことの御後見とすべきものは、なほさるべき筋に契りをかはし、え避らぬことにはぐくみきこゆる御まもりめはべるなむ、うしろやすかるべきことにはべるを、なほ、強ひて

一人のために、特別に際立ったお世話をなさるということは、お出来にならないでしょう。

　大体、女の人のためにいろいろこまやかなお世話をするならば、やはり、御結婚なさって、逃れられない役目として、お世話をしてあげるようなお守り役の者がいるのが安心でございましょう。なお、やはり、将来のことで御心配が残るようでしたら、今のうちに適当な人物をお選びになられて、こっそりとしかるべき婿君を、お決めになっておかれるのがよろしゅうございましょう」と申し上げます。

後の世の御疑ひ残るべくは、よろしきに思し選びて、忍びてさるべき御あづかりを定めおかせたまふべきになむはべる」と奏したまふ。

朱雀院「さやうに思ひよることはべれど、それも難きことになむありける。いにしへの例を聞きはべるにも、世をたもつ盛りの皇女にだに、人を選びて、さるさまのことをしたまへるたぐひ多かりけり。ましてかく、今はとこ

朱雀院は、「わたしもそう考えているのですが、それもなかなか難しいことなのです。昔の例を聞いても、在位中の全盛の帝の内親王さえ、苦労して相手を選んで、結婚させた例が多いのです。ましてわたしのように帝位を降り、今を限りと出離する時になって、大仰に考えるべきことでもないのですが、しかしまた一方、こうして世を捨

の世を離るる際にて、ことごとく思ふべきにもあらねど、またしか捨つる中にも、捨てがたきことありて、さまざまに思ひわづらひはべるほどに、病は重りゆく、またとり返すべきにもあらぬ月日の過ぎゆけば、心あわたたしくなむ。かたはらいたき譲りなれど、このいはけなき内親王ひとり、とりわきてはぐくみ思して、さるべきよすがをも、御心に思し定めて預けたまへと

てたなかにも、なお捨てがたいこともあって、あれこれ考え悩んでいるうちに、病気はいよいよ重くなっていくし、再び取り返せぬ月日も、次第に過ぎ去っていくので気ばかり焦ります。御迷惑なお願いですが、この幼く頼りない内親王一人、特別に引き取ってお育て下さり、あなたのお考えでしかるべき縁を選んで結婚させてやっていただけないでしょうか。そういうことをお話ししたかったのです。夕霧の権中納言の独身時代に、こちらから申しこめばよかったと残念です。太政大臣に先を越されたのが悔やまれます」と仰せられます。

聞こえまほしきを。権中納言などの独りものしつるほどに、進み寄るべくこそありけれ、大臣に先ぜられて、ねたくおぼえはべる」と聞こえたまふ。

源氏「中納言の朝臣、まめやかなる方は、いとよく仕うまつりぬべくはべるを、何ごともまだ浅くて、たどり少なくこそはべらめ。かたじけなくとも、深き心にて後見きこえさせはべらむ

「夕霧の中納言は、実務の方面では、たしかによくお仕え申し上げるでしょうが、何分にもまだ万事未熟で、分別も足りません。恐縮ながらわたしが、真心こめてお世話申し上げましたら、院のお側にいらっしゃった時と変わらないようにお思いなさるかと存じます。ただわたしの命も先が短く、最後

に、おはします御蔭にかはりては思されじを、ただ行く先短くて、仕うまつりさすことやはべらむと疑はしき方のみなむ、心苦しくはべるべき」とうけひき申したまひつ。

またの日、雪うち降り、空のけしきもものあはれに、過ぎにし方行く先の御物語聞こえかはしたまふ。

源氏「院の頼もしげなくなりたまひにたる、御とぶらひに参りて、あはれな

まで御面倒が見られないのではないかという懸念だけが残り、心苦しく存じられまして」と、ついにお引き受けになったのでした。

翌日は、雪が降り、空模様ももの哀しい感じがして、源氏の君と紫の上は昔のことやこれからのことをしみじみ話しあっていらっしゃいます。

「昨日は朱雀院が御病気ですっかり御衰弱なさったのをお見舞いにあがって、いろいろお気の毒に感じることがありましたよ。女三の宮のことを、お

ることどものありつるかな。女三の宮の御事を、いと捨てがたげに思して、しかじかなむのたまはせつけしかば、心苦しくて、え聞こえ辞びずなりにしを、ことごとしくぞ人は言ひなさむかし。

今はさやうのこともうひうひしく、すさまじく思ひなりにたれば、人づてに気色ばませたまひしには、とかくのがれきこえしを、対面のついでに、心

見捨てするのに忍びがたくお思いになって、わたしにこれこれとお頼みになられたので、お気の毒で、どうしてもお断りすることができなくなって、お引き受けしてしまったのを、世間では大袈裟に噂にすることだろうね。

今更結婚など気恥ずかしくて、気乗りも全くしなくなったので、人を介してそれとなくお話があったときは、何とか口実をつけてお断りしてきたのだが、直接お目にかかった際に、親心の深い思い入れを縷々とお打ち明けになったので、それには、どうしてもすげなくお断りできなかった。

朱雀院が、都の外の山深いところに御隠棲なさる頃には、女三の宮をこち

深きさまなることどもをのたまひつづけしには、えすくすくしくも返さひ申さでなむ。

深き御山住みに移ろひたまはむほどにこそは、渡したてまつらめ。あぢきなくや思さるべき。いみじきことありとも、御ため、あるより変ることはさらにあるまじきを、心なおきたまひそよ。かの御ためこそ心苦しからめ。それもかたはならずもてなしてむ。誰も

らにお迎えすることになるだろう。そのことを、あなたはさぞ不愉快に思われるだろうね。しかしたとえどんなことがあっても、あなたに対してわたしの愛情が変わるようなことは決してないのだから、気にしないように。かえって女三の宮のほうこそお気の毒なことと思っています。けれどもあちらも体面を傷つけないようにはお世話するつもりです。あなたも女三の宮もみな仲よく穏やかに暮して下さったなら」

などとおっしゃいます。

誰ものどかにて過ぐしたまはば」など聞こえたまふ。

はかなき御すさびごとをだに、めざましきものに思して、心やすからぬ御心ざまなれば、いかが思さむと思すに、いとつれなくて、

紫の上「あはれなる御譲りにこそはあなれ。ここには、いかなる心をおきたてまつるべきにか。めざましく、かくてはなど咎めらるまじくは、心やすく

源氏の君のちょっとした浮気沙汰でも、御機嫌を悪くされお腹立ちになる紫の上のご気性なので、今度のことも、どうお悩みになるかと、御心配していらっしゃいましたが、紫の上は全く気になさらないふうで、

「なんてお気の毒なお頼みでございましょう。わたしなどが、どうして姫宮を厭がったり出来るものですか。あちらのほうから、こんなところにいて目障りなと、わたしをお咎めにならないのなら、これからも安心してここにいられるのですけれど。女三の宮の御母女御は、わたしの父方の叔母君に当たられるという御縁からでも、わたしとお親しくしていただけないものでしょ

てもはべなむを、かの母女御の御方ざまにても、疎からず思し数まへてむや」と卑下したまふを

年も返りぬ。朱雀院には、姫宮、六条院に移ろひたまはむ御いそぎをしたまふ。聞こえたまへる人々、いと口惜しく思し嘆く。内裏にも御心ばへありて聞こえたまひけるほどに、かかる御定めを聞こしめして、思しとまりにけり。

うか」と、謙遜なさるのです。

新年になりました。朱雀院では、女三の宮が六条の院にお移りになる御支度をなさいます。これまで求婚していらっしゃった方々は、たいそう失望して、落胆していらっしゃいます。帝からも、御入内なさるようにとの思し召しをお伝えになっていらっしゃいましたが、こうした御決定をお聞きあそばして、御中止になりました。

さるは、今年ぞ四十になりたまひければ、御賀のこと、おほやけにも聞こしめし過ぐさず、世の中の営みにて、かねてより響くを、事のわづらひ多くいかめしきことは、昔より好みたまはぬ御心にて、みな返さひ申したまふ。
正月二十三日、子の日なるに、左大将殿の北の方、若菜まゐりたまふ。かねて気色も漏らしたまはで、いといたく忍びて思しまうけたりければ、には

さて、今年は六条の源氏の院も、四十歳になられましたので、その御賀のことは、帝もお聞き過しにはなさらず、国をあげての行事として、前々から大評判になっています。源氏の院は、もともと面倒なことの多い大袈裟な儀式ばったことはお嫌いなので、みなお断りになられました。

正月二十三日は、子の日に当たりましたので、鬚黒の左大将の北の方玉鬘の君が、お祝いに若菜をお贈りになります。そんな御計画は、前からは秘密にしていて、きわめてこっそりと御用意なさいましたので、突然のことで、

かにて、え諫め返しきこえたまはず。忍びたれど、さばかりの御勢ひなれば、渡りたまふ儀式など、いと響きことなり。

南の殿の西の放出に御座よそふ。屛風、壁代よりはじめ、新しく払ひしつらはれたり。うるはしく倚子などは立てず、御地敷四十枚、御茵、脇息など、すべてその御具ども、いときよらにせさせたまへり。

源氏の院も御辞退にはなれませんでした。内々のこととはいえ、左大将家の大した御威勢でなさることですから、御訪問の儀式の華やかさなどはまったく大変な評判でした。

六条の院の南の御殿の西の放出に、源氏の院の御座所を整えられます。屛風や壁代などをはじめ、すべて新調したものと取り替えられました。格式ばった椅子などはわざと用いず、敷物を四十枚、お茵、脇息など、すべてこの御賀の式のお道具類は、みな玉鬘の君がたいそう美しく御用意なさいました。

参賀の方々が参上なさったので、源氏の院も御座所にお出ましになられる

人々参りなどしたまひて、御座に出でたまふとて、尚侍の君に御対面あり。御心の中には、いにしへ思し出づることども、さまざまなりけむかし。いと若くきよらにて、かく御賀などいふことは、ひが数へにやとおぼゆるさまの、なまめかしく人の親げなくおはしますを、めづらしくて、年月隔てて見たてまつりたまふは、いと恥づかしけれど、なほけざやかなる隔てもなく

時に、玉鬘の君にお逢いになられました。お二方のお心の内には、昔を思い出されることがさまざまとあったことでしょう。源氏の院はたいそうお若くお美しくて、こうした四十の御賀などということは、お年を数え違っているのではないかと思われるほど華やかで魅力があり、とても人の親などにはお見えにならないのでした。玉鬘の君は、こうして久方ぶりに歳月を隔てて源氏の院にお目にかかりますのは、ほんとうに気恥ずかしいのですけれど、さすがに昔のままに、目に立つような他人行儀さではなく、親しくいろいろとお話し合いになります。

玉鬘の君も、たいそう美しい女の盛

て、御物語聞こえかはしたまふ。
尚侍の君も、いとよくねびまさり、ものものしき気さへ添ひて、見るかひあるさましたまへり。

若葉さす野辺の小松を引きつれて
　もとの岩根を祈る今日かな

とせめておとなび聞こえたまふ。沈の折敷四つして、御若菜さまばかりまゐれり。御土器とりたまひて、

小松原末のよはひに引かれてや

りを迎え、貫禄さえさし添って、見るからに御立派になっていらっしゃいます。

若葉さす野辺の小松を引きつれて
　もとの岩根を祈る今日かな

(若葉の萌える、野辺の小松のような、幼い子たちを引き連れて、育ての親の千歳の栄えを、祈る今日のめでたさよ)

と、つとめて人の親らしく大人びて御挨拶なさいます。沈の香木の折敷四つに、若菜を盛って形ばかり召し上がります。源氏の院も盃をお取りになって、

小松原末のよはひに引かれてや
　野辺の若菜も年をつむべき

(野の小松のような、孫たちの末永い寿

野辺の若菜も年をつむべき
など聞こえかはしたまひて、上達部あまた南の廂に着きたまふ。

かくて二月の十余日に、朱雀院の姫宮、六条院へ渡りたまふ。この院にも、御心まうけ世の常ならず。若菜まゐりし西の放出に、御帳立てて、そなたの一二の対、渡殿かけて、女房の局々まで、こまかにしつらひ磨かせ

命よ、それにあやかり、野辺の若菜のわたしも、長生きすることだろう)
など、詠み交わしていらっしゃるうちに、上達部たちが大勢、南の廂の間に着席なさいます。

こうして、いよいよ二月の十日過ぎに、朱雀院の女三の宮が、六条の院へお輿入れになりました。六条の院でも、その御準備に並々ではありません。若菜を召し上がった西の放出に女三の宮の御帳台を設けて、そこにつづいた一の対、二の対から渡り廊下へかけて、女房の部屋部屋まで、念入りに設備して磨き飾らせておかれます。

たまへり。

内裏に参りたまふ人の作法をまねびて、かの院よりも御調度など運ばる。渡りたまふ儀式いへばさらなり。御送りに、上達部などあまた参りたまふ。かの家司望みたまひし大納言も、やすからず思ひながらさぶらひたまふ。御車寄せたる所に、院渡りたまひて、おろしたてまつりたまふなども、例には違ひたることどもなり。ただ人にはおは

宮中に入内なさる姫君の作法に倣って、朱雀院からもお道具類が運ばれます。このお輿入れの儀式の盛大さは言うまでもありません。お供の行列には、上達部たちが大勢参列なさいます。あの女三の宮の家司になりたがった藤大納言も、心中穏やかでないまま、お供しております。女三の宮の御車を寄せたところまで、源氏の院がおでましになられて、女三の宮を抱き下ろしてさし上げるのなども、異例のことでした。何と言っても臣下の立場でいらっしゃるので、万事に限度があって、宮中への入内の儀とも違いますし、普通の婿君というのともまた事情

すれば、よろづのこと限りありて、内裏参りにも似ず、婿の大君といはむにも事違ひて、めづらしき御仲のあはひどもになむ。

三日がほど、かの院よりも、主の院方よりも、いかめしくめづらしきみやびを尽くしたまふ。対の上も事にふれて、ただにも思されぬ世のありさまなり。

姫宮は、げにまだいと小さく片なり

が違いますので、どうもめったに例のない御夫婦の間柄というものです。

三日の間は、舅の朱雀院からも、主人の源氏の院側からも、またとはないような盛大で、優雅な催しを尽くされます。紫の上も何かにつけて平静ではいられない御夫婦の有り様です。

女三の宮は、ほんとうにまだとても小さくて、未成熟というよりも、ひどくあどけなくて、ただもう子供っぽくていらっしゃいます。あの昔、まだ少女だった紫の上を尋ね出してお引き取

におはする中にも、いといはけなき気色して、ひたみちに若びたまへり。かの紫のゆかり尋ねとりたまへりしをり思し出づるに、かれはされて言ふかひありしを、これは、いといはけなくのみ見えたまへば、よかめり、憎げにおし立ちたることなどはあるまじかめりと思すものから、いとあまりもののはえなき御さまかなと見たてまつりたまふ。

りになられた時のことをお思い出しになりますと、あちらは気が利いていて相手にしても手応えがあったのに、この女三の宮はただもうあどけないばかりにお見えになります。これも、まあ、いいだろう、この調子なら紫の上に対して憎らしく威張って我を通されることもないだろうとお思いになります。また一方ではあまりといえば張り合いのない御様子だとお見受けいたします。

三日がほどは、夜離れなく渡りたまふを、年ごろさもならひたまはぬ心地に、忍ぶれどなほものあはれなり。御衣どもなど、いよいよたきしめさせたまふものから、うちながめてものしたまふ氣色、いみじくらうたげにをかし。

などて、よろづのことありとも、また人をば並べて見るべきぞ、あだあだしく心弱くなりおきにけるわが怠り

お輿入れから三日間は、毎晩お休みなくつづけて女三の宮のところへお通いになりますので、長年こんなことは御経験のない紫の上はお心ではこらえようとはなさるものの、やはりもの悲しくてなりません。源氏の院の数々のお召物などに、女房に命じて香をいつもよりいっそう念入りに薫きしめさせながら、御自身はぼんやり物思いに沈んでいらっしゃいます。その御様子が、言いようもなく可憐で心をそそる美しさです。

「どんな事情があるにせよ、どうして、この人のほかに妻を迎える必要があろうか。浮気っぽく気弱になってきている自分の落ち度から、こんなこと

に、かかることも出で来るぞかし、若けれど中納言をばえ思しかけずなりぬめりしを、と我ながらつらく思しつづけらるるに、涙ぐまれて、

源氏「今宵ばかりはことわりとゆるしたまひてんな。これより後のとだえあらんこそ、身ながらも心づきなかるべけれ。またさりとて、かの院に聞こしめさむことよ」と思ひ乱れたまへる御心の中苦しげなり。

も起こってしまったのだ。自分より若くても、夕霧の中納言のように律義な人間には、朱雀院は婿にと目もおつけにならなかったのに」と、我ながら情けなくお思いになって涙ぐまれて、

「今夜だけは、仕方のない義理の最後の夜だからと許して下さるでしょうね。この後、もしあなたを独りにするような夜があるなら、我ながら愛想が尽きることでしょう。かといって、そうして女三の宮を疎遠にすれば、また朱雀院のお耳に入るだろうしね」と悩み悶えていらっしゃるお心の内は、見るからにお苦しそうです。

雪は所どころ消え残りたるが、いと白き庭の、ふとけぢめ見えわかれぬほどなるに、源氏「猶残れる雪」と忍びやかに口ずさびたまひつつ、御格子うち叩きたまふも、久しくかかることなかりつるならひに、人々も空寝をしつつ、やや待たせたてまつりて引き上げたり。

源氏「こよなく久しかりつるに、身も

東の対では雪は所々消え残っていますが、薄暗いので庭の白砂とけじめもつきにくいほどなのを、源氏の院は眺められて、〈子城の陰なる処には猶残れる雪あり〉と、漢詩を小声で口ずさまれ、御格子を叩かれましたが、こうした朝帰りなどは、久しい間なくなっていましたので、女房たちは意地悪をして、空寝をして、わざとしばらくお待たせしてから、御格子を引き上げました。

「ずいぶん長く待たされて、体もすっかり冷えてしまった。こんなに早く帰ってきたのも、あなたを恐がっている気持が徒やおろそかでない証拠です

冷えにけるは。怖ぢきこゆる心のおろかならぬにこそあめれ。さるは、罪もなしや」とて、御衣ひきやりなどしたまふに、すこし濡れたる御単衣の袖をひき隠して、うらもなくなつかしきものから、うちとけてはたあらぬ御用意など、いと恥づかしげにをかし。限りなき人と聞こゆれど、難かめる世をと思しくらべらる。

よ。でも別にわたしに罪があるというわけでもないけれど」とおっしゃって、紫の上のお夜着を引きのけられると、紫の上はすこし涙に濡れた下着の単衣の袖をそっと隠して、恨みがましくもせず、態度はおやさしいけれど、それほど心から打ちとけたふうにはなさらないお心遣いなど、ほんとうにこちらが気恥ずかしくなるほど魅力があります。この上もない高貴な御身分の方といっても、これほどの人はいらっしゃらないだろうと、源氏の院は、つい女三の宮と比較なさいます。

院の帝は、月の中に御寺に移ろひたまひぬ。この院に、あはれなる御消息ども聞こえたまふ。姫宮の御事はさらなり、わづらはしく、いかに聞くところやなど、憚りたまふことなくて、ともかくも、ただ御心にかけてもてなしたまふべくぞ、たびたび聞こえたまひける。されど、あはれにうしろめたく、幼くおはするを思ひきこえたまひけり。

朱雀院は、この二月中に西山の御寺へお入りになりました。その折源氏の院に、胸を打つしみじみとしたお便りを度々さし上げられました。女三の宮の御事については言うまでもありません。

「わたしが聞けばどう思うだろうなど、御遠慮なさるには及びません。どのようにでも、あなたのお心のままに女三の宮をお扱い下さるように」と、幾度となくお便りをさし上げるのでした。そうは仰せられても、やはり女三の宮が幼稚でいらっしゃるのが不憫で、気がかりでならず、御心配していらっしゃるのでした。

紫の上にも、朱雀院から特別にお便

紫の上にも、御消息ことにあり。

朱雀院「幼き人の、心地なきさまにて移ろひものすらむを、罪なく思しゆるして、後見たまへ。尋ねたまふべきゆゑもやあらむとぞ。

背きにしこの世に残る心こそ
入る山路のほだしなりけれ

闇をはるけで聞こゆるも、をこがましくや」とあり。

りが届けられました。

「幼い人が、何のわきまえもない有り様で、そちらに参っておりますが、何卒罪もない者と大目に見て許してやってお世話下さるようお願いします。あなたとは従姉妹どうし、まんざら縁故のない仲でもないのですから。

背きにしこの世に残る心こそ
入る山路のほだしなりけれ

（出家して捨てた筈のこの世に、あきらめきれない思いこそ、子を思う親の恩愛で、これが山に入ろうとする、修行の妨げになることです）

子ゆえの心の闇を晴らせないで、こんなお手紙をさし上げるのも、愚かしいことですが」とあります。

尚侍の君は、故后の宮のおはしましし二条宮にぞ住みたまふ。姫宮の御事をおきては、この御事をなむ、かへりみがちに、帝も思したりける。尼になりなむと思したれど、かかる競ひには、慕ふやうに心あわたたしと諌めたまひて、やうやう仏の御事などいそがせたまふ。

いにしへ、わりなかりし世にだに、心かはしたまはぬことにもあらざりし

朧月夜の尚侍は、亡くなられた弘徽殿の大后がおいでになった二条の宮にお住みになります。朱雀院は女三の宮のことを除いては、この尚侍のことだけに御執着なさり、後ろ髪を引かれていらっしゃるのでした。朧月夜の君は尼になってしまおうとお考えになりましたが、「こういう際に、出家などするのは、いかにも後を追うようであわただしい」と、朱雀院がお止めになりましたので、少しずつ出家の御用意などをはじめていらっしゃいます。

源氏の院は、昔、逢瀬がどんなに無理な時でさえ、秘密に心を通わし、忍び逢ったこともあったのに、いくら何でも御出家あそばした朱雀院に対して

を、げに背きたまひぬる御ためうしろめたきやうにはあれど、あらざりしことにもあらねば、今しもけざやかに浄まはりて、立ちにしわが名、今さらに取り返したまふべきにや、と思し起こして、この信太の森を道のしるべにて参でたまふ。

女君には、源氏「東の院にものする常陸の君の、日ごろわづらひて久しくなりにけるを、ものさわがしき紛れ

後ろめたいようだけれど、ふたりの仲は昔もあったことだし、今になってさもきっぱりと潔白に見せたところで、一度立ったふたりの浮き名が、今更取り返せるわけでもないだろうに、と気を取り直されて、中納言の君の兄の前の和泉の守を案内役にして、二条の宮にお越しになりました。

紫の上には、「二条の東の院にいらっしゃる末摘花の君が、このところずっと御病気だったのに、何かと忙しさにまぎれて見舞っていないので、お気

にとぶらはねば、いとほしくてなむ。昼などけざやかに渡らむも便なきを、夜の間に忍びてとなむ思ひはべる。人にもかくとも知らせじ」と聞こえたまひて、いといたく心化粧したまふを、例はさしも見えたまはぬあたりを、あやしと見たまひて、思ひあはせたまふこともあれど、姫宮の御事の後は、何ごとも、いと過ぎぬる方のやうにはあらず、すこし隔つる心添ひて、見知ら

の毒でしてね。昼間などは人目に立ちながら行くのも都合が悪いから、夜の暗いうちに、こっそり訪ねようと思います。誰にも見舞いに行くとも知らせないつもりです」とお話しして、ひどくそわそわしていらっしゃいます。紫の上は、いつもはそれほど気にもかけていらっしゃるとは思えないお方のことを、急にまたどうしてと、不審に思われました。さてはと、振りかえって思い当たることもありましたけれど、女三の宮の御降嫁があって以来は、何事に対してもそう今までのように嫉妬もなさらず、少し水臭い気持が生れていて、そ知らぬふりをしていらっしゃいます。

ぬやうにておはす。

その日は、寝殿へも渡りたまはで、御文書きかはしたまふ。薫物などに心を入れて暮らしたまふ。宵過ぐして、睦ましき人のかぎり、四五人ばかり、網代車の昔おぼえてやつれたるにて出でたまふ。

昔おぼえたる御対面に、その世のことも遠からぬ心地して、え心強くもも

いよいよその日は、女三の宮のおいでになる寝殿にも行かれないで、お手紙だけやりとりなさいます。御衣裳に薫物を念入りに薫きしめられたりして一日を過され、夜の更けるのを待って、気心の知れた供人四、五人ばかりを連れて、昔のお忍び歩きが偲ばれるような、目立たない網代車でお出かけになります。

それでもこうして昔なつかしい御対面をなさると、朧月夜の君はあの当時のこともついこの間のことのように思われて、いつまでも気強くつめたい態

てなしたまはず。なほらうらうじく、若う、なつかしくて、ひとかたならぬ世のつつましさをもあはれをも、思ひ乱れて、嘆きがちにてものしたまふ気色など、今はじめたらむよりもめづらしくあはれにて、明けゆくもいと口惜しくて、出でたまはむ空もなし。

いみじく忍び入りたまへる御寝くたれのさまを待ちうけて、女君、さばかりならむと心得たまへれど、おぼめか

度をとりつづけることが出来ません。今でもやはり、昔どおりに、上品で若々しく愛嬌があります。並々ではない世間への気がねと、源氏の院への耐えがたい恋の思いとで心もはげしく悶え乱れて、ともすれば溜め息を洩らされる御様子など、今はじめての逢瀬よりも新鮮な感じがしていじらしく、夜の明けていくのも残り惜しくて、源氏の院はお帰りになる気にもなられないのでした。

ひどく人目を忍んで六条の院に帰ってこられて、こっそりお部屋にお入りになった寝乱れた源氏の院のお姿を御覧になって、待ち受けていた紫の上は、やっぱりそんなことだったかとお

しくもてなしておはす。

桐壺の御方は、うちはへえまかでたまはず。御暇のありがたければ、心やすくならひたまへる若き御心地に、いと苦しくのみ思したり。夏ごろなやましくしたまふを、とみにもゆるしきこえたまはねば、いとわりなしと思す。めづらしきさまの御心地にぞありける。まだいとあえかなる御ほどに、い

察しになりましたけれど、気づかないふりをしていらっしゃいます。

桐壺にいらっしゃる明石の女御は、入内以来ずっとお里へお下がりになれず、東宮からお暇がいただけそうにありません。これまでお気楽にのびのび過していらっしゃった若いお心では、窮屈な宮仕えを苦痛でたまらなくお思いになります。夏頃、御気分がおすぐれにならなかったのに、東宮はすぐには御退出をお許しにならなかったので、女御はほんとうに辛がっていらっしゃいます。どうやらおめでたの悪阻だったようです。まだいたっていたい

とゆゆしくぞ、誰も誰も思すらむかし。

からうじてまかでたまへり。姫宮のおはします殿の東面に、御方はしつらひたり。明石の御方、今は御身に添ひて出で入りたまふも、あらまほしき御宿世なりかし。

対の上、こなたに渡りて、対面したまふついでに、紫の上「姫宮にも、中の戸開けて聞こえむ。かねてよりもさ

けないお年頃なので、お産はさぞ大変だろうと誰も皆心配なさるようです。

そのうち女御はやっとお里下がりが叶いました。六条の院では、女三の宮のお住まいの寝殿の東側に、女御のお部屋を御用意なさいました。明石の君が、今では女御に付き添って退出なさってこられたのも、思えばこの上なく幸運なお身の上ということでございます。

紫の上が、こちらの女御のお部屋をお訪ねになりお逢いになられるついでに、「姫宮にも、仕切りの中の戸を開けて御挨拶申し上げましょう。前々か

やうに思ひしかど、ついでなきにはつつましきを、かかるをりに聞こえ馴れなば、心やすくなむあるべき」と、大殿に聞こえたまへば、うち笑みて、

源氏「思ふやうなるべき御語らひにこそはあなれ。いと幼げにものしたまふめるを、うしろやすく教へなしたまへかし」とゆるしきこえたまふ。宮よりも、明石の君の恥づかしげにてまじらむを思せば、御髪すまし、ひ

ら、そう思っていたのですけれど、ついでのない折にわざわざ伺うのもと、御遠慮申し上げていたのです。こうした機会にお馴染みになれれば、これから気がねもなくなりましょう」と、源氏の院に申し上げますと、お喜びになってにっこりなさりながら、

「それこそわたしの望んでいたお付き合いですよ。女三の宮は全く子供っぽいお方なので、そのおつもりで、何かと安心のいくよう教えてあげて下さい」と、御訪問をお許しになります。

紫の上は女三の宮よりも、明石の君との対面のほうが気の張ることとお考えなさいますので、お髪を洗いあげ、身づくろいを念入りにしていらっしゃ

きつくろひておはする、たぐひあらじと見えたまへり。

今宵は、いづ方にも御暇ありぬべければ、かの忍び所に、いとわりなくて出でたまひにけり。いとあるまじきことと、いみじく思し返すにも、かなはざりけり。

春宮の御方は、実の母君よりも、この御方をば睦ましきものに頼みきこえたまへり。いとうつくしげにおとなび

るお姿は、これ以上の方はあるまいとお見えになります。

今夜は紫の上が女御と女三の宮にお逢いしに行かれて、源氏の院はどちらの御機嫌もとらなくていいからお暇がありそうなので、あの二条の朧月夜の君のところに、たいそう無理な算段をして、こっそりお出かけになりました。何という不届きな行為かと、内心しきりに反省なさるのですが、どうしても思い止まれないのでした。

明石の女御は、実の母君の明石の君よりも、紫の上のほうに親密感を抱いて頼りにしていらっしゃいます。紫の上も、女御がたいそう可愛らしく前よ

まさりたまへるを、思ひ隔てずかなしと見たてまつりたまふ。御物語などいとなつかしく聞こえかはしたまひて、中の戸開けて、宮にも対面したまへり。

いと幼げにのみ見えたまへば心やすくて、おとなおとなしく親めきたるさまに、昔の御筋をも尋ねきこえたまふ。

紫の上「いとかたじけなかりし御消息

りずっと大人びていらっしゃったのを、心の底から実の子のようにいとしく思われて御覧になります。尽きないお話をやさしくお互いになさってから、紫の上は中の戸を開けて、女三の宮にもお目にかかりました。

女三の宮はたしかにただただ幼く、可憐な御様子なので、紫の上は気がお楽になられて、年上らしくまるで母親のように、お二人のお血筋の縁故などをたどって、話しておあげになります。

紫の上は、「朱雀院からほんとうに

の後は、いかでとのみ思ひはべれど、何ごとにつけても、数ならぬ身なむ口惜しかりける」と、やすらかにおとなびたるけはひにて、宮にも、御心につきたまふべく、絵などのこと、雛の捨てがたきさま、若やかに聞こえたまへば、げにいと若く心よげなる人かなと、幼き御心地にはうちとけたまへり。

神無月に、対の上、院の御賀に、嵯

畏れ多い御手紙を頂戴いたしましてからは、何とかしてお力になりたいと思っておりましたけれど、何事につけても、人数にも入れない自分なのが口惜しゅうございまして」と、穏やかに落ち着いた様子で応対なさる一方、女三の宮にも、お気に入るように、物語絵のことや、いつになってもまだ御自分がお人形遊びを楽しんでいらっしゃる御様子などを、いかにも子供っぽくお話しなさいますので、女三の宮は、「ほんとうにたいそう若くて気立てのよさそうな人だこと」と、無邪気なお心にも、安心なさるのでした。

十月には、紫の上が源氏の院の四十

峨野の御堂にて、薬師仏供養じたてまつりたまふ。いかめしきことは、切に諌め申したまへば、忍びやかにと思しおきてたり。仏、経箱、帙簀のととのへ、まことの極楽思ひやらる。最勝王経、金剛般若、寿命経など、いとゆたけき御祈りなり。上達部いと多く参りたまへり。御堂のさまおもしろく言はむ方なく、紅葉の蔭分けゆく野辺のほどよりはじめて見物なる

の御賀のために、嵯峨野の御堂で薬師仏の御供養をなさいました。大がかりな法会は、源氏の院が固くお止めなさいますので、万事内輪にと、控え目に御計画なさいました。薬師仏、経典を入れる箱、経巻を包む竹の簀などの立派さは、まるで極楽もこういうものかと想像されます。

最勝王経、金剛般若経、寿命経などがあげられて、まことに盛大な御祈願の法会でした。上達部たちも非常に大勢参列いたしました。御堂のあたりの風景は言いようもなく美しく、紅葉の蔭をたどって行く嵯峨野の野辺をはじめとして、すべて今が見頃なので、半分はその景色に惹かれて、人々が競

に、かたへはきほひ集まりたまふなるべし。霜枯れわたれる野原のままに、馬、車の行きちがふ音繁く響きたり。御誦経、我も我もと御方々いかめしくせさせたまふ。

内裏には、思しそめてしことどもをむげにやはとて、中納言にぞつけさせたまひてける。そのころの右大将病して辞したまひけるを、この中納言に御賀のほどよろこび加へむと思しめし

ってお集まりになるのでしょう。はるばると霜枯れた野原一帯に、馬や車の行き交う音がしきりに響いています。御誦経のお布施を、六条の院の女君たちは、我も我もと御立派になさいました。

帝は、せっかく御計画あそばしたいろいろなことを、無下に止められようかとお思いになり、夕霧の中納言に御賀の宴を催すようお申しつけになりました。その頃、時の右大将が病気になり辞職しましたので、この中納言に、御賀の際に喜びを添えてやろうと思し召して、急に右大将の後任に抜擢なさ

て、にはかになさせたまひつ。院もよろこび聞こえさせたまふものから、源氏「いと、かく、にはかにあまるよろこびをなむ、いちはやき心地しはべる」と卑下し申したまふ。

丑寅の町に、御しつらひ設けたまひて、隠ろへたるやうにしなしたまへれど、今日は、なほかたことに儀式まさりて、所どころの饗なども、内蔵寮、穀倉院より仕うまつらせたまへり。屯

いました。源氏の院もお礼を申し上げましたものの、「こんなにも急な身に余る昇進はまことに有り難いことですが、当人にはまだ早すぎるような気がいたしまして」と、御謙遜なさるのでした。

夕霧の右大将は、御宴の場を六条の院の東北の町に設けられました。派手にならないよう、内々にとなさいましたけれど、今日はやはり儀式も普通と違って盛大になります。あちらこちらでの饗応の宴なども、内蔵寮や穀倉院に御奉仕させられます。弁当などは宮中の饗宴と同様、頭の中将が勅命で御用意いたしました。出席者は親王たち五人、左右大臣、大納言二人、中納

食など、公ざまにて、頭中将宣旨うけたまはりて、親王たち五人、左右の大臣、大納言二人、中納言三人、宰相五人、殿上人は、例の内裏、春宮、院、残る少なし。

　年返りぬ。桐壺の御方近づきたまひぬるにより、正月朔日より御修法不断にせさせたまふ。寺々、社々の御祈禱、はた、数も知らず。大殿の君、ゆゆしきことを見たまへてしかば、か

言三人、宰相五人、そのほか殿上人は、例のように宮中、東宮、院などからすべて参上しましたので、残る方はほとんどありませんでした。

　新しい年になりました。明石の女御のお産がお近づきになりましたので、正月の上旬から、御安産の御修法を絶え間なくおさせになります。多くの寺々や神社の御祈禱もまた、数知れぬほどさせていらっしゃいます。源氏の院は、かつて葵の上のお産で不吉な御経験がおありですので、お産というも

かるほどのことはいと恐ろしきものに思しみたるを、対の上などのさることしたまはぬは、口惜しくさうざうしきものからうれしく思さるるに

三月の十余日のほどに、たひらかに生まれたまひぬ。かねてはおどろおどろしく思し騒ぎしかど、いたくなやみたまふことなくて、男御子にさへおはすれば、限りなく思すさまにて、大殿も御心落ちゐたまひぬ。

のはひどく恐ろしいものだと、身にしみていらっしゃいます。紫の上が御出産なさらないのは残念でもの足りなくはあるけれど、そのかわり恐ろしい思いをしないですむのを喜んでいらっしゃるのです。

　三月の十日過ぎに、明石の女御は御安産なさいました。お産の前には、仰々しく大騒ぎして御心配なさいましたけれど、それほどお苦しみになることもなく御安産の上、お生れになったのは男御子でさえいらっしゃいましたので、何から何までお望みどおりで、源氏の院もすっかり御安堵なさいました。

対の上も渡りたまへり。白き御装束したまひて、人の親めきて若宮をつと抱きゐたまへるさまいとをかし。みづからかかること知りたまはず、人の上にても見ならひたまはねば、いとめづらかにうつくしと思ひきこえたまへり。むつかしげにおはするほどを、絶えず抱きとりたまへば、まことの祖母君は、ただまかせたてまつりて、御湯殿のあつかひなどを仕うまつりたま

紫の上も産屋へお見舞いにいらっしゃいます。白い御衣裳をお召しになって、いかにも産婦の母親といった御様子で、若宮をしっかりと抱いておいでになるお姿の、何とお美しいこと。紫の上御自身はお産の御経験もなく、人のお産などもこれまで見たことはありませんので、生れたばかりの赤ん坊がたいそう珍しくて、可愛らしくお思いになります。若宮はまだお扱いにくい時ですのに、紫の上がずっとお抱きになって放されないので、ほんとうの祖母君の明石の君は、ただ紫の上におまかせしきって、お湯殿のお世話などに御奉仕いたします。

ふ。

六日といふに、例の殿に渡りたまひぬ。七日の夜、内裏よりも御産養のことあり。朱雀院の、かく世を捨てておはします御かはりにや、蔵人所より、頭弁、宣旨うけたまはりて、めづらかなるさまに仕うまつれり。禄の衣など、また中宮の御方よりも、公事にはたちまさり、いかめしくせさせたまふ。次々の親王たち、大臣の家々、そ

生後六日目に、女御と若宮は、東南の町の御自分の御殿にお帰りになりました。七日目の夜には、帝からも御産養いを賜りました。朱雀院があのように、御出家なさっていらっしゃるので、その御代理なのでしょうか、蔵人所から、頭の弁が宣旨を承って、例のないほど盛大に御奉仕しました。禄の衣裳などは、別に秋好む中宮の御方からも、公の御祝儀以上に立派にしてお贈りになります。次々の親王たちや、大臣の家々でも、その当座はお祝いにかかりきりで、我も我もとあらん限りの善美を尽くして御奉仕になります。

のころの営みにて、我も我もときよらを尽くして仕うまつりたまふ。

大殿の君も、若宮をほどなく抱きたてまつりたまひて、源氏「大将のあまた儲けたなるを、今まで見せぬがうらめしきに、かくらうたき人をぞ得たてまつりたる」と、うつくしみきこえたまふはことわりなりや。

かの明石にも、かかる御事伝へ聞きて、さる聖心地にもいとうれしくおぼ

源氏の院も、やがて若君をお抱きになりまして、「夕霧の大将がたくさん子供を作っているのに、今だに見せてくれないのが恨めしかったけれど、ここにこんな可愛らしい宮を授かった」と、お可愛がりなさいますのも、ごもっともなことです。

あの明石の入道も、若宮御誕生のことを伝え聞いて、あのような悟りすました心にも、たいそう嬉しくて、「今こそ、この現世の境界から、迷いなく離れ去って行くことが出来る」と、弟子たちに言い、住んでいた家を寺にし

えければ、入道「今なむこの世の境を心やすく行き離るべき」と弟子どもに言ひて、この家をば寺になし、あたりの田などやうのものはみなその寺のことにしおきて、この国の奥の郡に人も通ひがたく深き山あるを年ごろも占めおきながら、あしこに籠りなむ後また人には見え知らるべきにもあらずと思ひて、ただすこしのおぼつかなきこと残りければ、今まで長らへけるを、今

て、あたり一帯の自分の田畑などは、すべて寺領にしてしまいました。この国の奥の地方に、人も通えないような深山があり、以前から所有していながら、いよいよそこに籠ってしまった後は、再び、人に会ったり、自分の消息を知られるべきではないと考えると、ただ少し気がかりなことが残っていましたので、いままでは明石に留まっていたのでした。それもついに念願の叶った今は、もう心残りはないと、神仏におすがりして山奥に移ったのでした。

は、さりともと、仏神を頼み申してなむ移ろひける。

この近き年ごろとなりては、京に、ことなることならで、人も通はしたてまつらざりつ。これより下したまふ人ばかりにつけてなむ、一行にても、尼君にさるべきをりふしのことも通ひける。思ひ離るる世のとぢめに、文書きて、御方に奉れたまへり。

入道この年ごろは、同じ世の中のう

最近の数年は、京に特別の用でもなければ、使いの人も出そうとはしませんでした。京のほうから明石へやった使いの者ぐらいにことづけて、ほんの一行ほどでも尼君には、その折々の用事の便りはしていました。しかし今度は、いよいよ俗世を捨て去る最後の別れに、手紙を書いて娘の明石の君にさし上げました。

ちにめぐらひはべりつれど、何かは、かくながら身をかへたるやうに思うたまへなしつつ、させることなきかぎりは、聞こえうけたまはらず。

仮名文見たまふるは目の暇いりて、念仏も懈怠するやうに、益なうてなむ、御消息も奉らぬを、伝にうけたまはれば、若君は春宮に参りたまひて、男宮生まれたまへるよ

「ここ幾年というものは、同じ憂き世に生き永らえてきましたが、何のことはない、こうして生きながら別の世界に生れ変わったようにあえて考えながら、特別の用事のない限りは、お便りのやりとりもいたしませんでした。

仮名書きの手紙を読みますのは暇がかかって、念仏も怠るようになり、無益なことですから、お便りもさし上げませんでしたが、人伝に承りますと、姫君は東宮に入内なさって、男宮がお生れになったとのこと、心から深くお喜び申し上げます。

と申しますのは、自分はこういうしがない山伏の身で、今更、この世の栄達を願う気もございません。これまで

しをなむ、深くよろこび申しはべる。

そのゆゑは、みづからかくつたなき山伏の身に、今さらにこの世の栄えを思ふにもはべらず、過ぎにし方の年ごろ、心ぎたなく、六時の勤めにも、ただ御事を心にかけて、蓮の上の露の願ひをばさしおきてなむ、念じたてまつりし。わがおもと生まれたまはむとせしその年の二月のそ

の永い年月、未練がましく、六時の勤行にも、ただあなたのことばかりを心にかけて、極楽往生の願いさえさしおいて、ただただあなたの御幸運ばかりをお祈りいたしました。あなたがお生れになろうとしたその年の二月のある夜の夢に見ましたのは、わたしは須弥山を右の手に捧げていました。山の左右より月と日の光が明らかにさし出てこの世を照らしています。わたしは山の下の蔭に隠れて、その光には当らないのです。やがて山を広い海に浮かべておいて、わたしは小さな舟に乗って西のほう、極楽浄土をさして漕いで行く。そんな夢を見たのです。

の夜の夢に見しやう、みづから須弥の山を右の手に捧げたり、山の左右より、月日の光さやかにさし出でて世を照らす。みづからは、山の下の蔭に隠れて、その光にあたらず、山をば広き海に浮かべおきて、小さき舟に乗りて、西の方をさして漕ぎゆくとなむ見はべし。

夢さめて、朝より、数ならぬ身に頼むところ出で来ながら、何ごとに

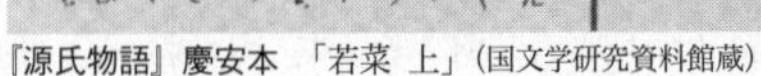

『源氏物語』慶安本　「若菜 上」（国文学研究資料館蔵）

つけてか、さるいかめしきことをば待ち出でむと心の中に思ひはべしを、そのころより孕まれたまひにしこなた、俗の方の書を見はべしにも、また内教の心を尋ぬる中にも、夢を信ずべきこと多くはべしかば、賤しき懐の中にも、かたじけなく思ひいたづきたてまつりしかど、力及ばぬ身に思うたまへかねてなむ、かかる道におもむきはべりにし。ま

その夢の覚めた翌朝からは、数ならぬこの身にも将来への望みが生じたのですが、どのようなことによって、そんなたいそうな幸運を待ちもうけることが出来ようかと、内心では思っておりましたが、その頃より妻の胎内にあなたが宿られまして、それから後は、俗世間の書物を読みましても、仏典の真意を探ってみましても、夢は信ずべきものだということが、たくさん書いてありましたので、わたしのような賤しい者の懐のうちにも、あなたをお抱き申し上げ、もったいなく思いながら大事にお育て申し上げました。しかし何としても力不足の身で思案に余りまして、こんな田舎に下って参ったので

たこの国のことに沈みはべりて、老の波にさらにたち返らじと思ひとぢめて、この浦に年ごろはべしほども、わが君を頼むことに思ひきこえはべしかばなむ、心ひとつに多くの願を立てはべし。その返申したひらかに、思ひのごと時に逢ひたまふ。若君、国の母となりたまひて、願ひ満ちたまはむ世に、住吉の御社をはじめ、はたし申したまへ。さらに何

す。

今度はまた、この播磨の国守に落ちぶれまして、老いの身で今更二度と都へは帰るまいと決心して、この明石の浦に長年暮していた間も、あなたの御運ばかりを頼みと思っておりましたので、心ひそかに多くの願を立てたのでした。その大願が叶い、今こそそのお礼詣りも無事にお出来になれるように、望み通りの御運がめぐってきたのでございます。姫君が国母となられて、宿願が果たされました時は、住吉の御社を始めとして、願ほどきのお礼詣りをなさいませ。もはや何を疑うことがありましょう。この一つの願が近い将来成就してしまうのですから、わ

ごとをかは疑ひはべらむ。このひとつの思ひ、近き世にかなひはべりぬれば、遥かに西の方、十万億の国隔てたる九品の上の望み疑ひなくなりはべりぬれば、今は、ただ、迎ふる蓮を待ちはべるほど、その夕まで、水草清き山の末にて勤めはべらむとてなむまかり入りぬる。

光いでむ　暁ちかくなりにけり
いまぞ見し世の夢語りする

たしもはるか西方の十万億土を隔てた極楽の九品の蓮台の上に生れますことは、疑いなくなりましたので、今はただ弥陀の来迎をお待ちするだけです。そのお迎えの来る夕べまでは、水も草も清らかな山の奥で、勤行に専念しようと存じまして、山奥深く引き籠ってしまうところです」

光いでむ暁ちかくなりにけり
いまぞ見し世の夢語りする

（光明がさし出る暁が近いように、東宮が御位につき、明石の女御が国母となる日も、近くなってきた今こそ、昔見た夢物語をいたします）

と書き、日付を記してありました。

とて、月日書きたり。

尼君には、ことごとにも書かず、ただ、入道「この月の十四日になむ、草の庵まかり離れて深き山に入りはべりぬる。かひなき身をば、熊、狼にも施しはべりなむ。そこにはなほ思ひしやうなる御世を待ち出でたまへ。明らかなる所にて、また対面はありなむ」とのみあり。

御方は南の殿におはするを、「かか

尼君には別に詳しくは書かず、ただ、「この三月の十四日に、草の庵を出て深い山奥に籠ります。生きていても役にも立たないこの身を、熊や狼にでも施してやりましょう。あなたは、なお生きていて望み通り若宮の御代になるのを見届けて下さい。極楽浄土でまたお逢いしましょう」とだけ書かれています。

明石の君は、明石の女御のいらっし

る御消息なむある」とありければ、忍びて渡りたまへり。

尼君、久しくためらひて、「君の御徳には、うれしく面だたしきことをも、身にあまりて並びなく思ひはべり。あはれにいぶせき思ひもすぐれてこそはべりけれ。数ならぬ方にても、ながらへし都を捨ててかしこに沈みゐしをだに、世人に違ひたる宿世にもあるかな、と思ひはべしかど、生ける世

やる南の御殿においでしたが、「こういうお便りがありました」と知らせましたので、こっそり尼君のところへお越しになりました。

尼君はしばらくして涙をおさめてから明石の君に、「あなたのお蔭で、嬉しく晴れがましいことも、身に余るほど味わわせていただき、またとない幸せだと有り難く思っております。けれどもまた、あなたのために悲しく暗い思いをしたことも人並み以上でした。人数にも入らない身分でも、長年住み馴れた都を捨てて、あんな田舎に落ちぶれ住んでいただけで、人並みではない不運な宿縁なのだと思っていましたが、まさか生きているこの世で遠く離

に行き離れ、隔たるべき中の契りとは思ひかけず、同じ蓮に住むべき後の世の頼みをさへかけて年月を過ぐし来て、にはかにかくおぼえぬ御事出できて、背きにし世にたち返りてはべる、かひある御事を見たてまつりよろこぶものから、片つ方には、おぼつかなく悲しきことのうち添ひて絶えぬを、つひにかくあひ見ず隔てながらこの世を別れぬるなむ、口惜しくおぼえはべ

れて別れ別れに暮すようになる夫婦仲だとは、思いもかけませんでした。必ずあの世でも同じ蓮の上に住もうと、来世の望みまでかけて、夫婦で長い歳月共に暮してきて、突然、こんな思いもかけぬことが起こり、一度は捨てた都にまた舞い戻ってまいりました。それにつけても生き甲斐のあるあなたの今のお幸せなお身の上を拝見して、嬉しいながらも一方では、入道のことが気がかりでいつも悲しさの絶えたことはなかったのです。それなのにとうとう入道とはこうして逢うこともなく離れたまま、今生の別れになってしまったのが、残念でなりません。

る。

世に経し時だに、人に似ぬ心ばへにより世をもてひがむるやうなりしを、若きどち頼みならひて、おのおのはまたなく契りおきてければ、かたみにいと深くこそ頼みはべしか。いかなれば、かく耳に近きほどながら、かくて別れぬらん」と言ひつづけて、いとあはれにうちひそみたまふ。

宮より、とく参りたまふべきよしの

あの人は俗世で勤めていた頃でさえ、人とは変わった偏屈者だったため、世をすねていたようでしたが、まだ若かったわたしたちは、互いに頼りにしあって、夫婦仲もしっくりしていたのです。ふたりともほんとうに心から深く信じあっていましたのに。何の因果で、すぐ便りも聞けるこうした近くにいながら、これほど辛い別れをしなければならないのでしょう」と言いつづけて、世にも悲しそうに泣き顔になられます。

東宮からは明石の女御に早く参内な

みあれば、「かく思したる、ことわりなり。めづらしきことさへ添ひて、いかに心もとなく思さるらむ」と、紫の上ものたまひて、若宮忍びて参らせたてまつらむ御心づかひしたまふ。御息所は、御暇の心やすからぬに懲りたまひて、かかるついでにしばしあらまほしく思したり。ほどなき御身に、さる恐ろしきことをしたまへれば、すこし面痩せ細りて、いみじくなまめか

さるようにとしきりに御催促がありますので、「東宮がそうおっしゃるのもごもっともですわね。若君御誕生という珍しいことまで加わっているのですから、どんなに待ち遠しくお思いでしょう」と、紫の上もおっしゃって、若宮を内々東宮御所にお連れ申し上げようとお心遣いをなさいます。明石の女御は、東宮からなかなかお暇がいただけなかったのにお懲りになって、こんな機会に、もうしばらくお里にいたいとお思いになります。年端もゆかないお身体で、あんな恐ろしい御経験もなさいましたので、少しほっそりと面痩せなさって、たいそう艶な御様子でいらっしゃいます。

しき御さましたまへり。

対の上などの渡りたまひぬる夕つ方しめやかなるに、御方、御前に参りたまひて、この文箱聞こえ知らせたまふ。

この文の言葉、いとうたて強く憎げなるさまを、陸奥国紙にて、年経にければ、黄ばみ厚肥えたる五六枚、さすがに香にいと深くしみたるに書きたまへり。いとあはれと思して、御額髪の

紫の上がお帰りになられた夕暮、あたりに人少なでひっそりしている折に、明石の君は女御のお前にお伺いになって、あの文箱をお見せになります。

入道の手紙の文章は、いやに堅苦しく武骨で、親しみにくいものです。その上、年数がたって黄ばんだ陸奥紙の、厚くぼてぼてしたのに、五、六枚書いてあります。さすがにその紙には香がたいそう深く薫きしめられていました。明石の女御はそれをお読みになって、ひどくあわれにお感じになって、涙で額髪が次第に濡れてゆきます。その御横顔は、上品ななかにもい

やうやう濡れゆく御そばめあてになまめかし。

院は、姫宮の御方におはしけるを、中の御障子よりふと渡りたまへれば、えしもひき隠さで、御几帳をすこし引き寄せて、みづからははた隠れたまへり。源氏「若宮はおどろきたまへりや。時の間も恋しきわざなりけり」と聞こえたまへば、御息所は答へも聞こえたまはねば、御方、「対に渡しきこ

かにも美しくあでやかでした。

　源氏の院は、それまで女三の宮のところにいらっしゃいましたが、境の御襖から、いきなりこちらへおいでになりました。とっさのことで、明石の君は入道の手紙を隠すことが出来ず、御几帳を少し引き寄せて、御自身もその陰に少しお隠れになりました。源氏の院が、「若宮はお目ざめかな。少しの間でもお顔を見ないと恋しいものだから」とおっしゃっても、明石の女御はお返事もなさいませんので、明石の君が、「紫の上にお渡しなさいました」と申し上げます。

えたまひつ」と聞こえたまふ。
源氏「いとあやしや。あなたにこの宮を領じたてまつりて、懐をさらに放たずもてあつかひつつ、人やりならず衣もみな濡らして脱ぎかへがちなめる。軽々しく、などかく渡したてまつりたまふ。こなたに渡りてこそ見たてまつりたまはめ」とのたまへば、
明石の君「いとうたて。思ひ隈なき御言かな。女におはしまさむにだに、あ

「それは怪しからん。あちらでは若宮をひとり占めにされて、紫の上は懐から少しも放さずあやしていらっしゃるので、お召物に皆おしっこをかけられて、しょっちゅう着替えているようですよ。どうしてそう軽々しくお渡しになるのか。あちらからこちらへ若宮を拝見に来ればよいのに」とおっしゃいます。

明石の君は、「まあ、なんて意地悪なお言葉ですこと。たとえ女宮さまでいらっしゃいましても、紫の上にお世話していただくのが結構でございましょう。まして男宮さまは、この上なく高貴な御身分でいらっしゃっても、気

なたにて見たてまつりたまはむこそよくはべらめ。まして男は、限りなしと聞こえさすれど、心やすくおぼえたまふを。戯れにても、かやうに隔てがましきこと、なさかしがり聞こえさせたまひそ」と聞こえたまふ。

うち笑ひて、源氏「御仲どもにまかせて、見放ちきこゆべきななりな。隔てて、今は、誰も誰もさし放ち、さかしらなどのたまふこそ幼けれ。まづ

楽にお世話申し上げてよいお方と思っておりましたのに。御冗談にも、そんな水臭いことを、知ったふうにおっしゃるものではありませんわ」と申し上げます。

源氏の院はお笑いになって、「それでは若宮のことはお二人に任せて、わたしは構わないのがいいのだね。この頃はみんなですっかりわたしを除け者にして、隠しだてばかりして、おせっかいだなど言われるのも大人気ないこ

は、かやうに這ひ隠れて、つれなく言ひおとしたまふめりかし」とて、御几帳を引きやりたまへれば、母屋の柱に寄りかかりて、いときよげに、心恥づかしげなるさましてものしたまふ。ありつる箱も、まどひ隠さむもさまあしければ、さておはするを、源氏「なぞの箱ぞ。深き心あらむ。懸想人の長歌詠みて封じこめたる心地こそすれ」とのたまへば

とです。まずあなたがそんなふうにこそこそ隠れて、わたしを冷酷にこきおろしているとは」とおっしゃって、御几帳を引きのけられますと、明石の君は母屋の柱に寄りかかって、すっきりと美しく、気のひけるほど奥ゆかしい御様子でいらっしゃいます。

さっきの文箱も、あわてて隠すのもみっともないので、そのままにしていらっしゃいます。源氏の院は、「あれは何の箱です。何か深いわけがありそうだ。懸想人が長い恋歌を書いてしっかり封じこめてあるような感じがする」とおっしゃいます。

源氏の院は、入道の手紙をお取りあげになって、「この字を見ると、たい

とりたまひて、源氏「いとかしこく、なほほれぼれしからずこそあるべけれ。手なども、すべて何ごとも、わざと有職にしつべかりける人の、ただこの世経る方の心おきてこそ少なかりけれ。かの先祖の大臣は、いと賢くありがたき心ざしを尽くして朝廷に仕うまつりたまひけるほどに、ものの違ひ目ありて、その報いにかく末はなきなりなど人言ふめりしを、女子の方につ

へんしっかりしておられる。まだ老い呆けてなどもいないようだ。筆跡や、その他のすべての技量も、とりわけ達人と言ってもよい人だったが、ただ処世術の心がけだけは上手いとは言えなかったね。あの人の先祖の大臣は、たいそう賢明で、めったにはないほどの忠誠を尽くして、朝廷に仕えておられたのに、ちょっとした行き違いがあって、その報いで、こんなふうに子孫が滅びたのだなどと世間では言っていたようだが、娘の筋ではあっても、あながこうしている以上、まったく子孫が絶えたとは言えない。それも入道の長年の勤行の功徳によるものだろう」など、度々涙をおし拭われながら、こ

けたれど、かくていと嗣なしといふべきにはあらぬも、そこらの行ひの験にこそはあらめ」など、涙おし拭ひたまひつつ、この夢のわたりに目とどめたまふ。

源氏「これは、また具して奉るべきものはべり。今また、聞こえ知らせはべらむ」と、女御には聞こえたまふ。そのついでに、源氏「今は、かくいにしへのことをもたどり知りたまひぬれ

の手紙の夢物語の書かれたあたりにお目をとどめていらっしゃいます。

そして明石の女御には、「これには、ほかにも一緒に添えてさし上げるものがあります。そのうちまたお話し申し上げましょう」とおっしゃいます。そのついでに、「今はこうして昔の事情もいくらかおわかりになったでしょうが、それにつけても紫の上の御好意を徒おろそかにお思いになってはなりませんよ。もともと親しいのが当然の夫婦の仲や、切っても切れぬ親子や兄弟などの睦まじさよりも、他人がかりそめのほんの少しの情けを示したり、一言でも優しい言葉をかけてくれたりするのは、並々のことではありま

ど、あなたの御心ばへをおろかに思しなすな。もとよりさるべき仲、え避らぬ睦びよりも、横さまの人のなげのあはれをもかけ、一言の心寄せあるは、おぼろけのことにもあらず。まして、ここになどさぶらひ馴れたまふを見る見るも、はじめの心ざし変らず、深くねむごろに思ひきこえたるを。

いにしへの世のたとへにも、さこそはうはべにははぐくみげなれと、らう

せん。まして、あなたのお側に、実の母君がこうしてずっと付き添っておられるのを見ながらも、紫の上は最初の心持ちを少しも変えず、大切に深くあなたを思っていらっしゃるのですから。

昔からある世間の継母話の例を見ても、『継母というのは上べはいかにも可愛がってくれるようにするけれど』と、継子が小賢しく気を廻すのは、利口そうに見えるけれど、たとえ継母が、自分に対して内心では邪険な心を持っていたとしても、間違ってもそうはとらないで、こちらは表裏なく素直に仕えていたら、継母のほうでも思い直して可愛く思い、どうしてこんな優しい子を憎んで辛くあたれよう、そん

らうじきたどりあらむも賢きやうなれど、なほあやまりても、わがため下の心ゆがみたらむ人を、さも思ひよらずうらなからむためは、ひき返しあはれに、いかでかかるには、と罪得がましきにも、思ひなほることもあるべし。おぼろけの昔の世のあたならぬ人は、違ふふしぶしあれど、一人ひとり罪なき時には、おのづからもてなす例どもあるべかめり。

なことをしては、罰が当たると思って改心することもあるでしょう。昔からの特別な仇敵というのでないなら、いろいろ行き違いがあってけんかしても、どちらにもそれほど悪いところがなかったら、自然に仲直りをした例がいくらもあった筈です。

さしもあるまじきことに、かどかどしく癖をつけ、愛敬なく、人をもて離るる心あるは、いとうちとけがたく、思ひ隈なきわざになむあるべき。多くはあらねど、人の心の、とあるさまかかるおもむきを見るに、ゆゑよしといひ、さまざまに口惜しからぬ際の、心ばせあるべかめり。みなおのおの得たる方ありて、取るところなくもあらねど、またとりたてて、わが後見に思

それほどでもないことに、角を立てて難癖をつけ、無愛想で人にそっけなく当たるような性質の人は、たいそう打ちとけにくくて、思いやりがない人というべきでしょう。わたしはそれほどたくさんの女の人を知っているわけでもないけれど、これまで人の心のさまざまな動きを見ますのに、育ちがわかる教養も身につけた人でも、それぞれで、まあ期待外れでない程度の心得は持っているようです。誰でも皆長所があって、全く取り柄がないということはないものの、だからといって、また特に、こちらが本気で自分の妻として選ぶとなると、これがなかなかないものです。

ひ、まめまめしく選び思はむには、ありがたきわざになむ。

ただまことに心の癖なくよきことは、この対をのみなむ、これをぞおいらかなる人と言ふべかりける、となむ思ひはべる。よしとて、また、あまりひたたけて頼もしげなきも、いと口惜しや」とばかりのたまふに、かたへの人は思ひやられぬかし。

源氏「そこにこそ、すこしものの心得

ただほんとうに素直で心に癖がなく、人柄のよいという点では、こちらの紫の上だけでしょうね。この人こそおおらかな寛い心の人といえるでしょう。いくら人柄がよくても、あまり慎みに欠け、頼りないのも、困ったものですね」と、紫の上のことばかりおっしゃるので、ほかの方々のことは、およそ想像されるのでした。

明石の君には、「あなたは、多少物の道理もわきまえていられるようなので、なかなか結構です。紫の上と仲よくお付き合いして、この女御のお世話

てものしたまふめるを、いとよし、睦びかはして、この御後見をも同じ心にてものしたまへ」など、忍びやかにのたまふ。

大将の君は、この姫宮の御事を、思ひ及ばぬにしもあらざりしかば、目に近くおはしますをいとただにもおぼえず、おほかたの御かしづきにつけて、こなたにはさりぬべきをりをりに参り馴れ、おのづから御けはひありさまも

も、二人で心を合わせてお務め下さい」など声をひそめておっしゃいます。

　夕霧の大将は、女三の宮との結婚を全くお考えにならなかったわけでもありませんでしたので、そのお方がすぐ身近においでになることに、とても平静ではいらっしゃれません。一通りの御用にかこつけては、女三の宮の御殿のほうに、折あるごとに度々参り馴れていらっしゃいます。自然、女三の宮の御様子やお人柄などを見聞きなさいますと、ただたいそう初々しくおっと

見聞きたまふに、いと若くおほどきたまへる一筋にて、上の儀式はいかめしく、世の例にしつばかりもてかしづきたてまつりたまへれど、をさをさけざやかにもの深くは見えず。

見し面影も忘れがたくのみなむ思ひ出でられける。わが御北の方も、あはれと思す方こそ深けれ、言ふかひあり、すぐれたるらうらうじさなど、ものしたまはぬ人なり。おだしきもの

りとしていらっしゃるばかりです。人目につく表向きの儀式だけはいかめしく、世間の前例にもなりそうなほど大切にかしずかれていらっしゃいますけれど、どうやらそれほど際立って奥ゆかしいというふうにも見えません。

五年前の野分の夕暮、垣間見た紫の上の面影も忘れることが出来なくて、しきりに思い出されます。御自分の北の方、雲居の雁の君をも、深く愛していらっしゃるのですが、この方は打てば響くような魅力のある才覚などはございません。大将は今ではもう平穏な結婚生活にあぐらをかき、毎日見馴れ

に、今はと目馴るるに心ゆるびて、なほかくさまざまに集ひたまへるありさまどものとりどりにをかしきを、心ひとつに思ひ離れがたきを、ましてこの宮は、人の御ほどを思ふにも、限りなく心ことなる御ほどに、とりわきたる御けしきにしもあらず、人目の飾りばかりにこそと見たてまつり知る。わざとおほけなき心にしもあらねど、見たてまつるをりありなむやとゆかしく思

ている北の方にも関心が薄らぎ、やはり、このようにさまざまの方が集まっていらっしゃる六条の院の女君たちが、とりどりに御立派で魅力的でいらっしゃるのに惹かれて、内心ひそかに関心を捨て切れないのでした。まして女三の宮は、御身分を考えても、この上なく格別の高貴なお方なのに、源氏の院は御寵愛に格別のお扱いをなさる御様子でもなく、世間の手前ばかりを飾っているだけだと、ほんとうの事情が呑みこめてきますと、別に大それた気持を抱いているわけでもないのに、もしかして、お顔を拝する機会がありはしないかと、慕わしく思っていらっしゃるのでした。

ひきこえたまひけり。

衛門督の君も、院に常に参り、親しくさぶらひ馴れたまひし人なれば、この宮を父帝のかしづきあがめたてまつりたまひし御心おきてなどくはしく見たてまつりおきて、さまざまの御定めありしころほひより聞こえ寄り、院にもめざましとは思しのたまはせずと聞きしを、かく異ざまになりたまへるは、いと口惜しく胸いたき心地すれ

柏木の衛門の督も、朱雀院にいつも参上して、親しくお仕え馴れしていた人なので、女三の宮を朱雀院がどんなにお可愛がりになり、大切にお育てなさっていらっしゃったかを、よくよく見知っておりました。さまざまな御縁談の婿選びがあった頃から、いち早く求婚を申し出て、朱雀院のほうでも、呆れた出過ぎ者とは思し召しにはならず、お口にも出してはいらっしゃらないと聞いていましたのに、こうして、期待とは違い、こちらへ御降嫁なさってしまいになりましたので、大変残念で胸も切なく痛むようで、今だにあきらめきれません。その当時から馴染

ば、なほえ思ひ離れず。そのをりより語らひつきにける女房のたよりに、御ありさまなども聞き伝ふるを慰めに思ふぞ、はかなかりける。

三月ばかりの空うららかなる日、六条院に、兵部卿宮、衛門督など参りたまへり。大殿出でたまひて、御物語などしたまふ。

源氏「今朝、大将のものしつるはいづ方にぞ。いとさうざうしきを、例の小

みになっていた女房のつてで、女三の宮の御様子などを伝え聞くのを、慰めに思うのも、はかない話でした。

三月頃の空がうららかな日、六条の院に、蛍兵部卿の宮や、柏木の衛門の督などが参上なさいました。源氏の院がお迎えになり、世間話などなさいます。

「今朝、夕霧の大将が来ていたが、どこへ行ったのかな。ほんとうに退屈で淋しいから、いつものように小弓でも射させて見物すればよかった。小弓を

弓射させて見るべかりけり。好むめる若人どもも見えつるを、ねたう、出でやしぬる」と問はせたまふ。

大将の君は丑寅の町に、人々あまたして鞠もてあそばして見たまふと聞こしめして、源氏「乱りがはしきことの、さすがに目さめてかどかどしきぞかし。いづら、こなたに」とて御消息あれば、参りたまへり。若君達めく人々多かりけり。

好きそうな若者たちも来ていたのに、惜しいことに帰ってしまっただろうか」とお尋ねになります。

夕霧の大将は、東北の町で、大勢の人々に、蹴鞠をさせて見物していらっしゃると、お聞きになって、「蹴鞠は騒々しいものだけれど、技量の差がはっきりして、活気がありおもしろい。どうだろう、こちらでやらせては」とおっしゃって、お招きになりましたので、夕霧の大将たちはこちらへお越しになりました。若公達らしい人々が大勢います。

太政大臣殿の君たち、頭弁、兵衛佐、大夫の君など過ぐしたるも、また、片なりなるもさまざまに、人よりまさりてのみものしたまふ。

御階の間に当たれる桜の蔭によりて、人々、花の上も忘れて心に入れたるを、大殿も宮も隅の高欄に出でて御覧ず。

いと労ある心ばへども見えて、数多くなりゆくに、上臈も乱れて、冠の

太政大臣の子息たちの、頭の弁、兵衛の佐、大夫の君など、すこし年かさの人々も、まだ少年じみた者も皆それぞれに、ほかの人たちよりは、蹴鞠の技量は飛びぬけて優れていらっしゃる方ばかりです。

寝殿の階段に面して咲いている桜の木蔭に、人々が寄って、花のことも忘れて蹴鞠に熱中しているのを、源氏の院も蛍兵部卿の宮も、隅の高欄に出て御見物なさいます。

日頃の精進の手練れの技も披露され、蹴る回数が次第に多くなるにつれ、高官の人々も熱中しすぎて走り回り、冠の額際が少し弛んでいます。夕

額すこしくつろぎたり。大将の君も、御位のほど思ふこそ例ならぬ乱りがはしさかなとおぼゆれ、見る目は人よりけに若くをかしげにて、桜の直衣のやや萎えたるに、指貫の裾つ方すこしふくみて、けしきばかり引き上げたまへり。

軽々しうも見えず、ものきよげなるうちとけ姿に、花の雪のやうに降りかかれば、うち見上げて、しをれたる枝

霧の大将も御身分を考えてみれば、いつにない羽目の外しようだと思われますが、見た目には誰よりも一段と若々しくて、美しく見えます。桜襲の直衣のやや柔らかくなったのに、指貫の裾のほうが少しふくらんでいるのを心持ち引き上げていらっしゃいます。

それでいて軽々しくは見えません。何となく爽やかな気どらないその姿に、雪のように桜の花がふりかかります。夕霧の大将はそれをちらと見上げて、撓んだ枝を少し押し折り、階段の中段のあたりに腰をおかけになりました。

すこし押し折りて、御階の中の階のほどにゐたまひぬ。

督の君つづきて、柏木「花乱りがはしく散るめりや。桜は避きてこそ」などのたまひつつ、宮の御前の方を後目に見れば、例の、ことにをさまらぬけはひどもして、色々こぼれ出でたる御簾のつま、透影など、春の手向の幣袋にやとおぼゆ。

御几帳どもしどけなく引きやりつ

柏木の衛門の督がつづいて来て、「花がしきりに散るようですね。風も桜をよけて吹けばいいのに」などおっしゃりながら、女三の宮のおいでになるお居間のほうを流し目に見ると、例のように、格別慎み深くもない女房たちのいる気配がして、いろいろの衣裳の袖口や裾を御簾の下からこぼれ出させています。その姿が物の隙間からほの見えたりするのが、逝く春に手向ける幣袋かと思えます。

御几帳などもだらしなく隅のほうに片寄せてあり、女房たちも御簾の近く

つ、人げ近く世づきてぞ見ゆるに、唐猫のいと小さくをかしげなるを、すこし大きなる猫追ひつづきて、にはかに御簾のつまより走り出づるに、人々おびえ騒ぎてそよそよと身じろきさまよふけはひども、衣の音なひ、耳かしがましき心地す。

猫は、まだよく人にもなつかぬにや、綱いと長くつきたりけるを、物にひきかけまつはれにけるを、逃げむと

に集まっていて、何となくなまめかしく、近づき易い感じがします。そこへ唐猫のとても小さくて可愛らしいのを、それよりやや大きな猫が追いかけて、急に御簾の端から走り出てきました。女房たちがおびえて立ち上がり、うろたえて動き廻り、ざわざわと衣ずれの音をもの騒がしいほど立てている気配が耳騒がしく感じられます。

猫はまだよく人になつかないのか、たいそう長い綱を付けていましたが、それがほかのものを引っかけてまきついてしまいました。逃げようとして猫が引っぱるうちに、御簾の横裾がまくれ上がって、内部が丸見えになるくらい引き開けられてしまいました。すぐ

ひこじろふほどに、御簾のそばいとあらはに引き上げられたるを、とみに引きなほす人もなし。この柱のもとにありつる人々も心あわたたしげにて、もの怖ぢしたるけはひどもなり。

几帳の際すこし入りたるほどに、袿姿にて立ちたまへる人あり。階より西の二の間の東のそばなれば、紛れどころもなくあらはに見入れらる。紅梅にやあらむ、濃き薄きすぎすぎに

にそれを引き下ろそうとする気転のきく女房もいません。その柱の側にいた女房たちも気が動転している様子で、ただおどおどしているばかりです。

几帳の際から少し奥まったあたりに、袿姿でお立ちになった人が見えます。そこは階段から西へ二つ目の柱間の東の端なので、隠れようもなくありありと見通せます。紅梅襲でしょうか、濃い色薄い色を次々に幾重にも重ねたものが、色の移りも華やかに、まるで草子の小口のように見えます。上にお召しなのは桜襲の織物の細長なのでしょう。御髪の裾まで鮮やかに見えています。御髪は糸を縒りかけたように後ろになびき、その裾がふっさりと

あまた重なりたるけぢめはなやかに、草子のつまのやうに見えて、桜の織物の細長なるべし。御髪の裾までけざやかに見ゆるは、糸をよりかけたるやうになびきて、裾のふさやかにそがれたる、いとうつくしげにて、七八寸ばかりぞあまりたまへる。

御衣の裾がちに、いと細くささやかにて、姿つき、髪のかかりたまへるそばめ、いひ知らずあてにらうたげな

切り揃えられていて、たいそう可愛らしい感じがして、お身丈より七、八寸ばかりもお長いのでした。

ほっそりと小柄でいらっしゃるので、お召物の裾が長々と引いており、まるでお召物ばかりのようで、その御容姿や、御髪のふりかかっていらっしゃる横顔など、言いようもなく気高く可憐なのでした。夕暮の薄明かりなので、部屋の内はぼうっと霞んでいて、奥のほうが薄暗くなっているようなのが、何ともの足りなく残念です。

蹴鞠に夢中の若い公達が、鞠が当たって花の散るのを惜しみもせず挑戦している様子を見物しようと夢中になり、女房たちは、奥が丸見えになって

り。夕影なれば、さやかならず奥暗き心地するも、いと飽かず口惜し。鞠に身をなぐる若君達の、花の散るを惜しみもあへぬけしきどもを見るとて、人々、あらはをふともえ見つけぬなるべし。猫のいたくなけば、見返りたまへる面もちもてなしなど、いとおいらかにて、若くうつくしの人やとふと見えたり。

大将、いとかたはらいたけれど、這

いるのを、すぐには気づくことが出来ないのでしょう。猫がしきりに鳴きますので、それを振りかえって見ていらっしゃる女三の宮の表情や、身のこなしなど、なんとおっとりとした、若々しく可愛らしいお方だろうと、柏木の衛門の督は、とっさに見てとってしまいました。

　夕霧の大将もそれに気づいて、たいそうはらはらなさるけれど、御簾を直しにそっと近づくのも、かえってひどくはしたないように思われるので、女房たちに気づかせようとして、ただ咳ばらいをなさいますと、女三の宮はそっと奥へお入りになりました。実は、夕霧の大将御自身のお心にも、それが

ひ寄らむもなかなかいと軽々しければ、ただ心を得させてうちしはぶきたまへるにぞ、やをら引き入りたまふ。さるは、わが心地にも、いと飽かぬ心地したまへど、猫の綱ゆるしつれば心にもあらずうち嘆かる。

ましてさばかり心をしめたる衛門督は、胸ふとふたがりて、誰ばかりにかはあらむ、ここらの中にしるき袿姿よりも人に紛るべくもあらざりつる

ひどく心残りに思われるのでしたけれど、猫の綱が解かれて御簾が下りましたので、思わず溜め息をおつきになります。

　ましてあれほど心を奪われている柏木の衛門の督は、胸がいっぱいになって、あれは女三の宮以外のどなたでもない、大勢のなかではっきりそれとわかる袿姿からしても、ほかの女房たちとは、紛れようはずもなかったその方の御容姿が、心に焼きついてしまったのでした。柏木の衛門の督は何気ないふうに装っていましたけれど、どうしてあのお姿を見逃したわけがあるだろうと、夕霧の大将は女三の宮のために困ったことになったとお思いになりま

御けはひなど、心にかかりておぼゆ。さらぬ顔にもてなしたれど、まさに目とどめじやと大将はいとほしく思さる。

大将の君一つ車にて、道のほど物語したまふ。

宮の御事のなほ言はまほしければ、

柏木「院には、なほこの対にのみものせさせたまふなめりな。かの御おぼえのことなるなめりかし。この宮いかに

す。

夕霧の大将は、柏木の衛門の督と一つ車に同乗して、その道すがらずっと話しつづけられます。

柏木の衛門の督は、女三の宮のお噂をやはりしたかったので、「源氏の院は、今でも紫の上のところにばかりいらっしゃるようですね。紫の上への御寵愛が特別なのでしょう。いったい女三の宮はどんなお気持でいらっしゃるのでしょう。朱雀院が、どなたより大切になさってずっと甘やかしていらっしゃったのに、六条の院では、それほどでもない御待遇で、お気持が沈んでいらっしゃるだろうと、お気の毒でなりません」と余計なことを言いますの

思すらむ。帝の並びなくならはしたてまつりたまへるに、さしもあらで屈したまひにたらむこそ、心苦しけれ」と、あいなく言へば、

夕霧「たいだいしきこと。いかでかさはあらむ。こなたは、さま変りて生ほしたてたまへる睦びのけぢめばかりにこそあべかめれ。宮をば、かたがたにつけて、いとやむごとなく思ひきこえたまへるものを」と語りたまへば、

で、

夕霧の大将は、「とんでもない。どうしてそんなことがあるものですか。紫の上は、普通と変わった事情で小さい時からお育てになったため、親しさも自然それだけほかの方とは違うだけのことなのです。源氏の院は女三の宮を、何につけても、格別大切にお思いになっていらっしゃいますのに」と話されますと、

柏木の衛門の督は、「いや、そんなことは言わせませんよ。何もかも知っています。すっかり聞いていますとも。とてもお気の毒な御様子の時がよくおありだそうですよ。それにしても、並々でなく朱雀院がお可愛がりに

柏木「いで、あなかま、たまへ。みな聞きてはべり。いといとほしげなるをりをりあなるをや。さるは、世におしなべたらぬ人の御おぼえを。ありがたきわざなりや」と、いとほしがる。

督の君は、なほ大殿の東の対に、独り住みにてぞものしたまひける。思ふ心ありて、年ごろかかる住まひをするに、人やりならずさうざうしく心細きをりをりあれど、わが身かばかりに

なったお方ですのに、あまりひどいお扱いじゃありませんか」と、女三の宮に同情します。

　柏木の衛門の督は、今でもまだ太政大臣のお邸の東の対に独身でお住まいです。思うところがあって、数年来、こういう暮しをつづけていると、自分の心がけのせいとは言え、淋しく心細い折々もあります。けれども、自分はこれほど立派な家柄の出身で、器量、才覚もあり、どうして自分の希望が叶わないことがあろうかと、うぬ惚れて慢心していたところ、あの日の夕方からひどく気持がふさぎこみがちになりました。

「どんな機会にか、もう一度、たとえ

てなどか思ふことかなはざらむとのみ心おごりをするに、この夕より屈しいたく、もの思はしくて、いかならむをりに、またさばかりにてもほのかなる御ありさまをだに見む、ともかくもかき紛れたる際の人こそ、かりそめにも、たはやすき物忌、方違への移ろひも軽々しきに、おのづから、ともかくものの隙をうかがひつくるやうもあれ、など思ひやる方なく、深き窓の内

あの程度でもいいから、ほのかな垣間見のお姿でも見られないものだろうか。何をしようと人目につかない身分の者なら、ほんのちょっとしたことでも、手数のかからない方違えや物忌みなどにかこつけ、出歩くのも気軽だから、自然、何かと隙をねらってうまくお近づきする機会もあるだろうのに」などと考えて、憂さを晴らす方法もなく、深窓の女三の宮に対して、どんな手段なら、こんなにも深くお慕いしていることだけでも、お知らせすることが出来ようかと、胸も痛み、気が滅入りますので、小侍従のもとに、例によって手紙をおやりになります。

女三の宮のお前に人影の少ない時で

に、何(なに)ばかりのことにつけてか、かく深(ふか)き心(こころ)ありけりとだに知(し)らせたてまつるべきと胸(むね)いたくいぶせければ、小侍従(こじじゅう)がり例(れい)の文(ふみ)やりたまふ(う)。御前(おまえ)に人繁(ひとしげ)からぬほどなれば、かの文(ふみ)を持(も)て参(まい)りて、小侍従「この人(ひと)の、かくのみ忘(わす)れぬものに言問(こととい)ひものしたまふ(う)こそわづらは(わ)しくはべれ。心苦(こころぐる)しげなるありさまも、見(み)たまへ(え)あまる心(こころ)もや添(そ)ひ(い)はべらむと、みづからの心(こころ)

したので、小侍従はお手紙を持ってきて、

「この方が、いつもこんなふうに、いつまでも忘れられないといって手紙を寄こされますのが、うるさいことでございます。でもあまりお気の毒な御様子を見ているうちに、見るに見かねて同情するかもしれないと、自分ながら自分の心がわからなくなりまして」

と、笑いながら申し上げます。

「まあ、あなたはいやなことを言う人ね」と、女三の宮は無邪気におっしゃって、小侍従のひろげた手紙を御覧になります。

〈見ずもあらず見もせぬ人の恋しくは〉と古歌が引いてあるところにお目

ながら知りがたくなむ」と、うち笑ひて聞こゆれば、女三の宮「いとうたてあることをも言ふかな」と何心もなげにのたまひて、文ひろげたるを御覧ず。

「見もせぬ」と言ひたるところを、あさましかりし御簾のつまを思しあはせらるるに、御面赤みて、大殿の、さばかり言のついでごとに、「大将に見えたまふな。いはけなき御ありさまなめ

をとめられ、あの思いもかけず御簾の裾が巻き上げられた時のことだと自然に思い当たられるのでした。思わずお顔が赫くなられ、源氏の院が、あれほど何かにつけていつも、「夕霧の大将に見られないようになさいよ。あなたは幼い無邪気なところがおありのようだから、ついうっかりしていて、大将がお姿をお見かけするようなことがあるかもしれません」と御注意なさっていたのを、お思い出しになります。

　夕霧の大将があの日のことを、こんなことがありましたと、源氏の院にお話しすれば、どんなにお叱りになるだろうと、人に見られてしまったことの重大さはお考えにならず、まず、源氏

れば、おのづからとりはづして、見たてまつるやうもありなむ」と、いましめきこえたまふを思し出づるに、大将の、さることのありしと語りきこえたらん時、いかにあはめたまはむと人の見たてまつりけむことをば思さで、まづ憚りきこえたまふ心の中ぞ幼かりける。

の院に叱られることを恐がっていらっしゃいます。そのお気持は、ほんとうに子供のような無邪気さなのです。

「若菜 上」は、源氏三十九歳から四十一歳の春までの話である。

朱雀院は六条の院へ御幸した後、病が重くなり、かねての願望だった出家を遂げようとする。その際唯一の心残りは、偏愛している女三の宮の将来であった。まだ十三、四歳の女三の宮を立派に後見してくれる頼りになる男と結婚させたいと切望する。「若菜」の書き出しはこの女三の宮の婿選びから始まり、朱雀院の親心の迷いが描かれる。候補者としては、蛍兵部卿の宮、夕霧、柏木なども考えられるが、結局、一番頼もしいのは源氏だということになり、朱雀院は源氏に女三の宮の降嫁を申し込む。

源氏は一応辞退するつもりだったが、亡き藤壺の中宮の姪にあたるということとその若さに、心が動かぬでもない。女三の宮の裳着の式をすまし、出家した朱雀院を見舞った時、源氏は断り切れないという形で、ついにその結婚を承諾する。朱雀院四十二歳、源氏三十九歳の年の暮であった。

翌日それを源氏から打ち明けられた紫の上は青天の霹靂で動揺するが、表面はさりげなく装い、その思いがけない運命を受け入れる。しかしこの時から紫の上の源氏への全き信頼は失われ、深い苦悩が始まる。

二月十日過ぎ、女三の宮が六条の院に降嫁（こうか）してきた。女三の宮のあまりの幼稚さに源氏は失望し、紫の上の魅力に改めて強く引かれる。しかし夫婦の溝は埋めることが出来ず、紫の上は独り寝の袖を涙で濡らすことも多い。女三の宮からの朝帰りの源氏を、紫の上の女房たちが空寝をして、しばらく外で待たせる場面があるが、女房たちのこの憎めない意地悪につい手をたたいてしまいたくなる。また、嫁いだ娘を心配する朱雀院の「何のわきまえもない有り様で、そちらに参っておりますが、何卒罪もない者と大目に見て許してやってお世話下さるようお願いします」という手紙は、現代の結婚式の新婦の父親の挨拶と錯覚しそうである。

明石（あかし）の女御（にょうご）は東宮（とうぐう）の男子を出産した。自分の御殿に帰ってきた数日後、源氏が見舞いにいく。孫の若宮を抱きながら、「夕霧はたくさん子供をつくっているのに、見せてくれない」と文句をいうところは、どこにでもいる好好爺に描かれた源氏が目に浮かぶようである。あのドンファンの源氏がと驚くところでもある。

明石の地でその慶事の報を受けた明石の入道は、年来の宿願を果したという喜びと、そこに至るまでの切々たる心情を長い手紙で伝えてきて、それにはもう深く山に入って足跡をくらまし、世間との交わりに永の別れを告げている。その入道の最後の手紙で、入道が見た不思議な夢に予言された自分ら母子の、今の運命を明石の君は知る。入道の妻の尼君は、娘の出世のため、夫と生き別れになった上、ついにこの世で会えなくなった悲しさを、娘の明石の君に訴えて泣く。

源氏もこの手紙を見て感動して涙をもよおすが、それにつけても、明石の姫君を育てた紫の上の恩を忘れてはならないと女御にさとす。明石の君は紫の上を絶讃する源氏の言葉を聞きながら、自分がこれまですべてを隠忍自重してへりくだってきたのはよかったのだと思う。このあたりの源氏の言葉や明石の君や明石の女御の心のうちは現代の嫁姑の心得にもなる話である。

三月頃のうららかな日、六条の院で蹴鞠の会があり、蹴鞠の得意な柏木も参加した。その夕暮、女三の宮の住む寝殿の前の階で、夕霧と柏木が休んでいた時、女三の宮の飼っている唐猫が奥から走り出て来て、その拍子に御簾に綱をひっかけたので御簾の端がめくれ上がってしまい、奥に立っていた女三の宮の姿を、二人は垣間見てしまった。夕霧はそんな不用心な女三の宮をはしたないと思ったが、柏木は前から憧れ結婚を望んでいて、まだあきらめきれず、将来源氏が出家でもしたらとまで考えていたので、この偶然の垣間見を、恋の報われるしるしかと、無上の幸運に思い、恋の気持が益々燃え上がってくる。

柏木は、源氏が表面だけ取りつくろい、実は紫の上ばかりを前にもまして愛して、女三の宮がないがしろにされているという噂などを聞き、いっそう女三の宮に同情していた。女三の宮の乳母の娘の小侍従に自分の思いを訴えた手紙をいつも渡して、女三の宮への取り次ぎをせがんでいた。小侍従は、柏木が女三の宮を見たあとに書いた手紙を、女三の宮に見せてしまった。女三の宮は不用意な姿を柏木に見られたことより、それが源氏に知れたらと、おびえてしまう。

物語は波乱の予兆を見せながら、下の帖へと移る。

若菜 下

ことわりとは思へども、うれたくも言へるかな、いでや、なぞ、かくことなることなきあへしらひばかりを慰めにては、いかが過ぐさむ、かかる人づてならで、一言をものたまひ聞こゆる世ありなむや、と思ふにつけて、おほかたにては、惜しくめでたしと思ひき

光源氏（四十一〜四十七歳）

柏木の衛門の督は小侍従の返事を、もっともな言い分だとは思うものの、「それにしてもいまいましいことを言って寄こすものだ。いやもう、こんな通り一遍の挨拶ばかりを慰めにして、どうしていつまでも辛抱していられるものか。こんな人伝の話ではなく、一言でもいいから女三の宮と直接お話し出来る時はないものだろうか」、こんな事情さえなければ、当然大切な御立派なお方だと御尊敬申し上げていた源

こゆる院の御ため、なまゆがむ心や添ひにたらむ。

晦日の日は、人々あまた参りたまへり。なまものうくすずろはしけれど、そのあたりの花の色をも見てや慰むと思ひて参りたまふ。殿上の賭弓、二月とありしを過ぎて、三月、はた、御忌月なれば口惜しくと人々思ふに、この院にかかるまとゐあるべしと聞き伝へて、例の集ひたまふ。

氏の院に対して、何となく嫌悪の気持が萌してきたのだろうと、考えます。

三月の晦日の日には、人々が大勢六条の院へ参上なさいました。柏木の衛門の督は、何となく気が重くそわそわと落ち着かない気持でしたが、女三の宮のいらっしゃるあたりの花の色でも見れば気分も紛れようかと思って、参上なさいます。

今年は宮中行事の弓の競射の催しが、二月に予定されていたのが延びて、三月はまた帝の母后藤壺の尼宮の御祥月に当たりますので、また中止になり人々が残念に思っていました。ところが六条の院でこうした催しがあると聞き伝えて、いつものようにお集

大将たちよりはじめておりたまふに、衛門督、人よりけにながめをしつつものしたまへば、かの片はし心知れる御目には、見つけつつ、なほいと気色異なり、わづらはしきこと出で来べき世にやあらむ、と我さへ思ひ尽きぬる心地す。

春宮に参りたまひて、論なう通ひたまへるところあらむかしと目とどめて見たてまつるに、にほひやかになどは

まりになりました。

大将たちをはじめ、上達部たちが庭へお下りになります。ところが柏木の衛門の督だけが、ほかの人々の中でひとり目立って憂鬱そうな表情で物思いに沈んでいらっしゃいます。うすうすわけを知っている夕霧の大将は、それを見咎めて、「やはり様子がとてもおかしい、厄介なことになりそうな恋愛沙汰のようだ」と、自分まで悩みを背負い込んだような気になります。

柏木の衛門の督はその帰り、ついでに東宮の御殿へお立ち寄りになりました。東宮は女三の宮とは御姉弟ですから、当然女三の宮に似ていらっしゃるところがおありだろうと、気をつけて

あらぬ御容貌なれど、さばかりの御ありさま、はた、いとことにて、あてになまめかしくおはします。

内裏の御猫の、あまた引き連れたりけるはらからどもの所どころに散れて、この宮にも参れるが、いとをかしげにて歩くを見るに、まづ思ひ出でらるれば、柏木「六条院の姫宮の御方にはべる猫こそ、いと見えぬやうなる顔してをかしうはべしか。はつかにな

拝見しますと、はなやかに輝くようなお顔立ちというのではありませんが、やはり東宮という御身分のお方だけに、さすがに格別、高貴に優雅でいらっしゃいます。

帝のお飼いあそばしている猫のたくさん生んだ仔猫たちが、方々に貰われていって、東宮の御殿にも来ています。柏木の衛門の督は、いかにも可愛らしい様子で歩いている仔猫を見るにつけ、まずあの女三の宮の唐猫が思い出されますので、「女三の宮の御殿にいる猫といったら、ほんとうに珍しい顔つきをしていて、可愛らしゅうございましたよ。ほんのちらりと見ただけでしたが」と申し上げます。東宮はこ

む見たまへし」と啓したまへば、猫わざとらうたくせさせたまふ御心にて、くはしく問はせたまふ。

柏木「唐猫の、ここのに違へるさましてなむはべりし。同じやうなるものなれど、心をかしく人馴れたるはあやしくなつかしきものになむはべる」など、ゆかしく思さるばかり聞こえなしたまふ。

聞こしめしおきて、桐壺の御方より

とのほか猫がお好きな御性分なので、くわしくお尋ねになります。

「あれは唐猫でして、こちらの猫とは違っていました。猫は皆同じようなものですけれど、その猫のように性質がよく人懐っこいのは、妙に心惹かれるものでございます」など、東宮が興味をお持ちになるように、上手に申し上げます。

東宮はこの話をお聞きになられてから、明石の女御を通じて、その猫をお求めになりましたので、女三の宮はさし上げられました。「ほんとうになんて可愛らしい猫でしょう」と女房たちが喜んで、面白がっているところへ、柏木の衛門の督が少し日をおいてやっ

伝へて聞こえさせたまひければ、まゐらせたまへり。「げに、いとうつくしげなる猫なりけり」と人々興ずるを、衛門督は、尋ねんと思したりきと御気色を見おきて、日ごろ経て参りたまへり。

宮も、「げにをかしきさましたりけり。心なむまだなつきがたきは、見馴れぬ人を知るにやあらむ。ここなる猫どもことに劣らずかし」とのたまへ

て参りました。

東宮も、「ほんとうに可愛らしい猫だね。まだなつきにくいのは、知らない顔がいると思って人見知りしているのだろうか。でも、ここに前からいる猫たちだって、これにそう見劣りはしないよ」と仰せになります。

衛門の督は、「これよりいい猫がたくさんお側にいるようですから、この猫はしばらくわたしがお借りしてお預かりさせていただきましょう」と申し上げます。一方、内心ではあまりにも馬鹿げたことをすると、思わずにはいられません。

衛門の督は、こうしてとうとうその猫を手に入れて、夜も添い寝なさいま

ば、
柏木「まさるどもさぶらふめるを、これはしばし賜りあづからむ」と申したまふ。心の中に、あながちにをこがましく、かつはおぼゆ。

つひにこれを尋ねとりて、夜もあたり近く臥せたまふ。明けたてば、猫のかしづきをして、撫で養ひたまふ。人げ遠かりし心もいとよく馴れて、ともすれば衣の裾にまつはれ、寄り臥し、

す。夜が明ければ明けたで猫の世話を焼いて、撫でさすって非常に可愛がって飼っておられます。人になつかなかった猫も、今ではすっかりなついて、どうかするとお召物の裾にまつわりつき、側に寄り添って寝て甘えたりしますのを、衛門の督は心からいとしいとお思いになります。ひどく物思いに沈みながら、縁先近くに物に寄りかかって横になっていらっしゃると、猫が側に来て、「ねうねう」と、とても可愛らしく鳴きますので、撫でてやりながら、「寝よう、寝よう、なんて、ずいぶん気の早いものだね」と思わずほほ笑みがこみあげてきます。

睦るを、まめやかにうつくしと思ふ。いといたくながめて、端近く寄り臥したまへるに、来てねうねうといとらうたげになけば、かき撫でて、うたてもすすむかな、とほほ笑まる。

御達などは、「あやしくにはかなる猫のときめくかな。かやうなるもの見入れたまはぬ御心に」と咎めけり。宮より召すにもまゐらせず、とり籠めてこれを語らひたまふ。

旧い女房たちなどは、「不思議なこともあるものですね、急に猫をお可愛がりになるなんて。動物など今までちっともお好きじゃない御性分だったのに」と不審がるのでした。東宮から猫を返すように御催促がありましてもお返しせず、ひとり占めにして、この猫ばかりを話し相手にしていらっしゃいます。

はかなくて、年月も重なりて、内裏の帝、御位に即かせたまひて十八年にならせたまひぬ。冷泉帝「次の君とならせたまふべき皇子おはしまさず、もののはえなきに、世の中はかなくおぼゆるを、心やすく思ふ人々にも対面し、私ざまに心をやりて、のどかに過ぐさまほしくなむ」と、年ごろ思しのたまはせつるを、日ごろいと重くなやませたまふことありて、にはかにお

これといったこともなく年月が重なって、冷泉帝が御即位あそばしてから十八年になられました。帝は、「自分には次の帝になってくれる世継ぎの皇子もおらず、張り合いがないし、先々いつまで生きていられるか心許ないので、これからは気楽にして、親しい人々にも会ったりしながら、公の生活を退いて、気ままにのんびり暮したいものだ」と、年来ずっとお考えにもなり、お口にもしていらっしゃいましたところ、最近たいそう重い御病気をなさいまして、俄に御譲位あそばしました。

りゐさせたまひぬ。
太政大臣、致仕の表奉りて、籠りゐたまひぬ。左大将、右大臣になりたまひてぞ、世の中の政仕うまつりたまひける。六条の女御の御腹の一の宮、坊にゐたまひぬ。さるべきこととかねて思ひしかど、さしあたりてはなほめでたく、目おどろかるるわざなりけり。右大将の君、大納言になりたまひぬ。いよいよあらまほしき御仲ら

太政大臣は、辞職の願書をさし出して、邸内に引き籠ってしまわれました。そこで鬚黒の左大将が右大臣に御昇進になり、天下の政務を執行なさることになりました。明石の女御のお生みになった一の宮が東宮にお立ちになりました。そうなる筈と、前々から予想はしていたものの、いざそれが実現してみると、やはりおめでたいことで、目もさめるようなすばらしいことでした。夕霧の右大将は大納言に昇進なさいました。鬚黒の右大臣とはますます理想的な睦まじい御間柄です。

源氏の院は、御退位あそばした冷泉

ひなり。

六条院は、おりゐたまひぬる冷泉院の御嗣おはしまさぬを飽かず御心の中に思す。同じ筋なれど、思ひ悩ましき御事なくて過ぐしたまへるばかりに、罪は隠れて、末の世まではえ伝ふまじかりける御宿世、口惜しくさうざうしく思せど、人にのたまひあはせぬことなればいぶせくなむ。年月経るままに、御仲いとうるはし

院にお世継ぎがいらっしゃらないのを、内々密かにもの足りなく思っていらっしゃいました。新東宮も同じ御自分のお血筋ではあるものの、冷泉院へのお気持には格別のものがあります。これまで冷泉院の御在位中は、お胸のうちの御煩悶を外にお洩らしにならなかったおかげで、これといって表沙汰にはならないまま、御出生の秘密という罪は世間に洩れずに、御治世を無事に全うされました。その代わりに御子がなく、帝位を子孫に伝えることが出来なかった冷泉院の御宿縁を、源氏の院は残念にも淋しくもお思いになります。それも人にお話しになれるようなことではありませんので、お気持が晴

く睦びきこえかはしたまひて、いささか飽かぬことなく、隔ても見えたまはぬものから、

紫の上「今は、かうおほぞうの住まひならで、のどやかに行ひをもとなむ思ふ。この世はかばかりと、見はてつる心地する齢にもなりにけり。さりぬべきさまに思しゆるしてよ」とまめやかに聞こえたまふをりをりあるを、

源氏「あるまじくつらき御事なり。み

れないのでした。

年月が経つにつれて、源氏の院と紫の上の御間柄はますますこまやかに仲睦まじくなられ、何の御不満もなく、いかにもしっくりとしていらっしゃいます。けれども、紫の上は、「もうこれからは、こんなありふれた俗な暮しではなく、心静かにお勤めもしたいと思います。この世はもうこの程度のものと、すっかり見極めたような気のする年齢にもなってしまいました。どうかわたしの願いをお聞き入れになって、出家をお許し下さいませ」と、真剣な表情でお願いする折々もあります。

源氏の院は、「とんでもない辛いこ

づから深き本意あることなれど、とまりてさうざうしくおぼえたまひ、ある世に変らむ御ありさまのうしろめたさによりこそ、ながらふれ。つひにそのこと遂げなむ後に、ともかくも思しなれ」などのみ妨げきこえたまふ。
住吉の御願かつがつはたしたまはむとて、春宮の女御の御祈りに詣でたまはむとて、かの箱あけて御覧ずれば、さまざまのいかめしきことども多か

とをおっしゃる。出家は、わたしこそ前から深く望んでいることなのに、後に残されたあなたが淋しくなるだろうし、いままでとは打って変わった御境涯になられはしないかと、その御様子が心配でならないからこそ、出家できないでいるのですよ。わたしがいつか本懐を遂げた暁には、あなたのお好きなようになさればいい」とばかりおっしゃって、いつも反対なさるのでした。

源氏の院は、住吉の神に立てた願ほどきの御参拝を、そろそろなさろうとお考えになります。また明石の女御の将来の御祈禱のためにもお詣りなさろ

り。このたびは、この心をばあらはしたまはず、ただ、院の御物詣でにて出で立ちたまふ。

内裏、春宮、院の殿上人、方々に分かれて、心寄せ仕うまつる。数も知らず、いろいろに尽くしたる上達部の御馬、鞍、馬副、随身、小舎人童、次々の舎人などまで、ととのへ飾りたる見物またなきさまなり。

うとして、例の明石の入道の願文を収めた箱をあけて御覧になりますと、数々のたいそうな大願を書き記してあります。

今度は、この入道の願ほどきという御趣旨は表向きにはなさらず、ただ御自分の御参詣ということにして御出発になりました。

帝、東宮、冷泉院の殿上人が、それぞれにわかれてまめまめしく御奉仕申し上げます。数限りもなく、人それぞれに華美を尽くした上達部の御馬や鞍、馬に付き添う従者や、護衛の供人、小舎人童、それ以下の舎人などまで、皆立派に着飾って、整然と行列しているのは、またとないすばらしい見

女御殿、対の上は、一つに奉りたり。次の御車には、明石の御方、尼君忍びて乗りたまへり。女御の御乳母、心知りにて乗りたり。方々の副車、上の御方の五つ、女御殿の五つ、明石の御あかれの三つ、目もあやに飾りたる装束ありさま言へばさらなり。

入道の帝は、御行ひをいみじくしたまひて、内裏の御事をも聞き入れたま

物でした。

明石の女御と紫の上は、一つ車に御一緒にお乗りになりました。次の御車には明石の君、それに尼君もこっそりお乗りになっています。女御の御乳母も事情を知っている者だからというので御一緒に乗せていただきました。それぞれのお供の女房の車は、紫の上のが五台、明石の女御のが五台、明石の君御一族のが三台、目もまばゆいばかりに飾りたてた女房の衣裳や、その様子は言うまでもありません。

御出家あそばされた朱雀院は、仏道の御修行に御専念なさいまして、宮中

はず。姫宮の御事をのみぞ、なほえ思し放たで、この院をば、なほおほかたの御後見に思ひきこえたまひて、内々の御心寄せあるべく奏せさせたまふ。二品になりたまひて、御封などまさる、いよいよはなやかに御勢ひ添ふ。

朱雀院の今はむげに世近くなりぬる心地してもの心細きを、さらにこの世のことかへりみじと思ひ捨つれど、対

の政治のことなどは、一切お耳にお入れになりません。女三の宮のお身の上ばかりは、まだお心にかけていらっしゃって、源氏の院をやはり表向きの御後見役とお考えになっていらっしゃいますが、内々に帝からの御配慮もしていただけるよう、帝に御依頼になります。女三の宮を二品の位にお進めになりましたので、御封などもそれにつれて多くなりました。女三の宮の御威勢はこうしてますます華やかに盛大になり勝ります。

朱雀院から、「この頃は死期が今にも近づいたような気がして、何となく心細いので、俗世のことは心にかけまいときっぱりと決心して出家したの

面なんいま一たびあらまほしきを、もし恨み残りもこそすれ、ことごとしきさまならで渡りたまふべく聞こえたまひければ、大殿も、「げにさるべきことなり。かかる御気色なからむにてだに、進み参りたまふべきを、ましてかう待ちきこえたまひけるが心苦しきこと」と、参りたまふべきこと思しまうく。

ついでなくすさまじきさまにてや

に、もう一度あなたに逢いたいと切に思うのです。この未練が万一逢えない怨みになって後生の障りになるのではないかと不安です。どうか大袈裟でなく、こっそりこちらへおいで下さらないか」と、女三の宮にお便りなさいましたので、源氏の院も御覧になって、「まことにごもっともなことです。こういうお言葉がなかったとしても、こちらから参上なさるべきでしたのに、ましてこうしてお待ちかねでいらっしやるとは、ほんとうにお気の毒なことでした」と、女三の宮の御訪問のことを御計画なさいます。

「それにしてもこれといったきっかけも、名目もなく、また何の趣向もなし

は、這ひ渡りたまふべき、何わざをしてか、御覧ぜさせたまふべき、と思しめぐらす。このたび足りたまはむ年、若菜など調じてやと思して、さまざまの御法服のこと、斎の御設けのしつらひ、何くれと、さまことに変れることどもなれば、人の御心しらひども入りつつ思しめぐらす。

院の御賀、まづおほやけよりせさせたまふことどもいとこちたきに、さし

に、気軽に参上するのもどうかと思われるので、何か催しごとをして、お目にかけたらいいだろう」と、いろいろ御思案をめぐらされます。ちょうど来年は朱雀院が五十歳におなりになるので、五十の賀の若菜を調理して献上し、お祝い申し上げてはどうだろうとお考えつきになります。お祝いにお贈りするさまざまの御法衣の御用達や、祝宴の精進料理の御準備なども、在俗の人とは様式の違ったお祝いになりますので、女君たちのお知恵もいろいろお借りしては、あれこれ工夫を凝らされるのでした。

　朱雀院の御賀は、まず今上帝の御催しがいろいろと多く、さぞ盛大になさ

あひては便なく思されて、すこしほど過ごしたまふ。二月十余日と定めたまひて、楽人、舞人など参りつつ、御遊び絶えず。

正月二十日ばかりになれば、空もをかしきほどに、風ぬるく吹きて、御前の梅も盛りになりゆく。おほかたの花の木どももみなけしきばみ、霞みわたりにけり。

源氏「月たたば、御いそぎ近く、もの

ることでしょうから、それと重なっては不都合だとお考えになり、源氏の院は、女三の宮のなさるお祝いを、少し先にお延ばしになりました。その日を二月十日余りと定められて、楽人や舞人などが六条の院に連日参上しては、絶えず音楽のお遊びがあります。

正月二十日頃になりますと、空もうららかに、風も暖かく吹き、お庭前の梅も花盛りになっていきます。そのほかの花の木々も、みな蕾がほんのりとほころびはじめて、霞みわたっているのでした。

「来月になると、御賀の準備も近づいて何かと騒がしくなり、落ち着かないでしょうし、そんな頃に合奏なさる

騒がしからむに、搔き合はせたまはむ御琴の音も、試楽めきて人言ひなさむを、このごろ静かなるほどに試みたまへ」とて、寝殿に渡したてまつりたまふ。御供に、我も我もとものゆかしがりて、参上らまほしがれど、こなたに遠きをば選りとどめさせたまひて、すこしねびたれど、よしあるかぎり選りてさぶらはせたまふ。

廂の中の御障子を放ちて、こなたか

と、お琴の音も、御賀のための試楽のように人に取り沙汰されるでしょうから、静かな今のうちにしておしまいなさい」と、おっしゃって、紫の上を、女三の宮のお住まいの寝殿にお迎えになりました。女房たちも拝聴したがって、我も我もとお供したがるのですが、音楽にうとい者たちはお残しになって、すこし年輩でも、音楽のたしなみのある者ばかりを選んでお供をおさせになります。

廂の間の中仕切りの襖を取り外し

なた御几帳ばかりをけぢめにて、中の間は院のおはしますべき御座よそひたり。今日の拍子合はせには童べを召さむとて、右の大殿の三郎、尚侍の君の御腹の兄君笙の笛、左大将の御太郎横笛と吹かせて、簀子にさぶらはせたまふ。

内には、御茵ども並べて、御琴どもまゐりわたす。秘したまふ御琴ども、うるはしき紺地の袋どもに入れたる取

て、女君たちは、それぞれ御几帳だけを隔てにして、中央の間に源氏の院の御座所を御用意します。今日の拍子合わせには子供を呼ぼうということになりました。鬚黒の右大臣の御三男で、玉鬘の君との間にお出来になったお子たちの中では、長男にあたるお子に笙の笛を、左大将になられた夕霧の御長男には横笛を吹かせることにして、簀子にひかえさせていらっしゃいます。

内部の廂の間には、敷物を敷き並べて、女君たちには、お琴などの楽器をそれぞれにお渡しになります。源氏の院の御秘蔵の御楽器類が、見事な紺地

り出でて、明石の御方に琵琶、紫の上に和琴、女御の君に箏の御琴、宮には、かくことごとしき琴はまだえ弾きたまはずやとあやふくて、例の手馴らしたまへるをぞ調べて奉りたまふ。

御琴どもの調べどももととのひはてて、掻き合はせたまへるほど、いづれとなき中に、琵琶はすぐれて上手めき、神さびたる手づかひ、澄みはてて

の袋に一つ一つ入れてあるのを取り出して、明石の君には琵琶、紫の上には和琴、明石の女御には箏のお琴をさし上げます。女三の宮には、こうした由緒のある重々しい名器は、まだお弾きになれないのではと危ぶまれて、いつもお稽古に使われている琴を調律してからお渡しになります。

それぞれの楽器の調子合わせがすっかり整って、いよいよ合奏が始まりました。どなたも優劣のない中にも、明石の君の琵琶は一際、名手めいていて、神々しいような古風な撥さばきが、澄み透った音色を美しく響かせま

おもしろく聞こゆ。和琴に、大将も耳とどめたまへるに、なつかしく愛敬づきたる御爪音に、掻き返したる音のめづらしくいまめきて、さらに、このわざとある上手どもの、おどろおどろしく掻きたてたる調べ調子に劣らずにぎははしく、大和琴にもかかる手ありけりと聞き驚かる。深き御労のほど、あらはに聞こえておもしろきに、大殿御心落ちゐて、いとありがたく思ひきこ

す。紫の上の和琴は、夕霧の大将も特に耳をそばだてていらっしゃいますと、柔らかななつかしい愛嬌のある爪音で、絃を掻き返す音色がはっとするほど新鮮で、その上、この頃世間で評判の名人たちの、大層ぶって仰々しく弾きたてる曲や調子にひけを取らず、はなやかな感じで、和琴にもこうした弾き方があったのかと、夕霧の大将は聞いて思わず感嘆なさいます。大変なお稽古のあとがありありと音色にあらわれていてみごとなのに、源氏の院もほっと安堵なさって、まったくまたとないすばらしいお方だとお思いになるのでした。

明石の女御の箏のお琴は、ほかの楽

えたまふ。

箏の御琴は、物の隙々に、心もとなく漏り出づる物の音がらにて、うつくしげになまめかしくのみ聞こゆ。琴は、なほ若き方なれど、習ひたまふ盛りなれば、たどたどしからず、いとよく物に響きあひて、優になりにける御琴の音かなと、大将聞きたまふ。

院は、対へ渡りたまひぬ。上は、とまりたまひて、宮に御物語など聞こえ

器の合間合間に、ほのかに音色の洩れてくるというのが持ち味なので、ただもう可愛らしく優雅に聞こえます。女三の宮の琴は、まだ技量に幼いところがおありですけれど、熱心にお稽古の最中ですから、危なげがなく、ほかの楽器とたいそうよく響きあって、ずいぶんお上手におなりになったものだと、夕霧の大将はお聞きになりました。

源氏の院はその夜、東の対へお越しになりました。紫の上は、こちらにお泊まりになって、女三の宮とお話しなどなさって、明け方、東の対へお帰りになり、その日は昼近くまでおふたりでお寝みになっていらっしゃいます。

たまひて、暁にぞ渡りたまへる。日高うなるまで大殿籠れり。源氏「宮の御琴の音は、いとうるさくなりにけりな。いかが聞きたまひし」と聞こえたまへば、紫の上「はじめつ方、あなたにてほの聞きしはいかにぞやありしを、いとこよなくなりにけり。いかでかは、かく他事なく教へきこえたまはむには」と答へきこえたまふ。

源氏「昔、世づかぬほどをあつかひ思

「女三の宮のお琴は大層上手になられたものですね。どうでしたか、あのお琴は」とお聞きになりますと、紫の上は、「はじめの頃、あちらでちらとお聞きした折には、どんなものかと危ぶまれましたけれど、今ではすっかりお上手になられましたね。だって当たり前ですわ。あなたがこんなに熱心に教えておあげになっているのですもの」とお答えになります。

「昔、まだ小さかったあなたを大切にお世話していた頃は、わたしには暇がなかなかなく、落ち着いて特別に教えてあげるゆとりもなくて、近頃になっては、またどうということもなく次々、忙しさにかまけて日を送り、あ

ひしさま、その世には暇もありがたくて、心のどかにとりわき教へきこゆることなどもなく、近き世にも、何となく次々紛れつつ過ぐして、聞きあつかはぬ御琴の音の出でばえしたりしも面目ありて、大将のいたくかたぶき驚きたりし気色も、思ふやうにうれしくこそありしか」など聞こえたまふ。

源氏「多くはあらねど、人のありさまの、とりどりに口惜しくはあらぬを見

なたのお琴を聞いてあげることも出来なかったのに、昨日のあなたの出来栄えのすばらしさには、わたしも面目をほどこしましたよ。夕霧の大将が、すっかり感動して驚いていた様子も、思う通りで嬉しくてならなかった」などおっしゃいます。

源氏の院は、「それほどたくさんの女とつきあったわけではないけれど、女の人たちのそれぞれに取り柄のある、捨てがたい人柄がだんだんわかってくるにつれ、心底から性質がおっとりとして優しく穏やかな人というのは、なかなかめったにいないものだと、思い知るようになりました。

知りゆくままに、まことの心ばせおいらかに落ちゐたるこそ、いと難きわざなりけれとなむ思ひはてにたる。

大将の母君を、幼かりしほどに見そめて、やむごとなくえ避らぬ筋には思ひしを、常に仲よからず、隔てある心地してやみにしこそ、今思へばいとほしく悔しくもあれ、また、わが過ちにのみもあらざりけりなど、心ひとつになむ思ひ出づる。うるはしく重りかに

夕霧の大将の亡き母君とは、まだ幼い時に結婚して、貴い御身分の方だし、大切にしなければならないとは思ったけれど、いつもしっくりした仲とはいかず、何となくよそよそしい感じで、打ちとけないまま終ってしまったのです。今から思うと、ほんとうに気の毒にも悔やまれもします。しかしそれはまた、わたしだけが悪かったのではなかったのだなどと、心の中ではひとりひそかに思い出してもいるのです。いつもきちんとしていて重々しく、どこが不満だという取り立てた欠点はなかったのでした。ただあまりにも几帳面すぎてくつろがず、やや聡明すぎたとでも言うべきでしょうか、妻

て、そのことの飽かぬかなとおぼゆることもなかりき。ただ、いとあまり乱れたるところなく、すくすくしく、すこしさかしとやいふべかりけむと思ふには頼もしく、見るにはわづらはしかりし人ざまになむ。

中宮の御母御息所なむ、さまことに心深くなまめかしき例にはまづ思ひ出でらるれど、人見えにくく、苦しかりしさまになむありし。怨むべきふし

として考えると信頼がおけ、一緒に暮すには窮屈で煙ったいという人柄でした。

秋好む中宮の御母六条の御息所こそは、並々ならず愛情深く、優艶なお人柄としては、まず第一に思い出されるお方でした。ただどうも逢うのに気がおけて、辛くなってしまうような気難しいところがありました。あちらがわたしのことを怨まれたのも当然なことがあり、それも仕方のないことでしたが、そのまま、ずっとそのことを思いつめ長く怨み通されたのは、こちらとしてはどんなに苦しかったことか。少しも油断出来ず、緊張のしつづけで、お互いにのんびりと気を許しあって、

ぞ、げにことわりとおぼゆるふしを、やがて長く思ひつめて深く怨ぜられしこそ、いと苦しかりしか。心ゆるびなく恥づかしくて、我も人もうちたゆみ、朝夕の睦びをかはさむには、いとつつましきところのありしかば、うちとけては見おとさるることやなど、あまりつくろひしほどに、やがて隔たりし仲ぞかし。今も昔も、なほざりなる心のすさびに、いとほしく悔しきこと

朝夕仲睦まじく暮すには、とても気のおけるところがあったので、うっかり気を許しては、馬鹿にされるのではないかと、あまり体裁ばかりつくろっているうちに、そのままつい疎遠になってしまった仲なのでした。今も昔も、わたしのだらしない浮気心から、相手にはおいたわしく思い、わたしとしては悔やまれることも多いのです」と、これまで関わりのあった方々の御身の上を、少しずつお話しになられます。

も多くなむ」と、来し方の人の御上、すこしづつのたまひ出でて、

源氏「内裏の御方の御後見は、何ばかりのほどならずと侮りそめて、心やすきものに思ひしを、なほ心の底見えず、際なく深きところある人になむ。うはべは人になびき、おいらかに見えながら、うちとけぬ気色下に籠りて、そこはかとなく恥づかしきところこそあれ」とのたまへば、

「女御のお世話役の明石の君は、さほどの身分でもないと、はじめは軽く見て、気楽な相手だと思っていたのに、今では心の奥底が知られず、きりもなく深いたしなみのある人のように思われます。うわべは従順でおっとりしているように見えながら、心を許さない芯の強さを内にかくしていて、何とはなく気のおけるところがある人です」

とおっしゃいますと、

紫の上は、「ほかの方はお会いしたことがないので、わかりませんけれど、明石の君は、あらたまってではなくても自然御様子を目にする折もありますので、とても打ちとけにくくて、気恥ずかしくなるようなおたしなみの

紫の上「他人は見ねば知らぬを、これは、まほならねど、おのづから気色見るをりをりもあるに、いとうちとけにくく、心恥づかしきありさましるきを、いとたとしへなき裏なさを、いかに見たまふらんとつつましけれど、女御はおのづから思しゆるすらむとのみ思ひてなむ」とのたまふ。

　さばかり、めざましと心おきたまへりし人を、今は、かくゆるして見えか

深さが、よくわかります。わたしのたとえようもない開けっ放しの態度を、あの方がどう御覧になっていらっしゃることかと、恥ずかしいのですが、明石の女御は、わたしのことをよくわかって下さっていて、大目に見て許して下さるだろうと思っています」とおっしゃいます。

　昔、あれほど、憎らしがって嫌っていらっしゃった人を、紫の上が今ではこうも寛大にお許しになり、お会いになったりなさるのも、明石の女御の御為を心からお思いになる真心のあまりだと、お考えになりますので、源氏の院は紫の上のお気持を、ほんとうに珍しくお感じになり、「あなたこそ、何

はしなどしたまふも、女御の御ための真心なるあまりぞかしと思すに、いとありがたければ、源氏「君こそは、さすがに隈なきにはあらぬものから、人により事にしたがひ、いとよく二筋に心づかひはしたまひけれ。さらに、ここら見れど、御ありさまに似たる人はなかりけり。いと気色こそものしたまへ」とほほ笑みて聞こえたまふ。

源氏「宮に、いとよく弾きとりたまへ

と言っても心の奥では、すっきりしているというわけでもないのに、相手や事柄次第で、たいそう上手に二通りの心遣いを使いわけしていますね。わたしはたくさんの女の人と付き合ってきたけれど、あなたのような心ばえの人は二人といなかった。ただ、御機嫌の悪さを顔にすぐ出されるけれど」と、笑っておっしゃいます。

その後で、「女三の宮に、たいそう上手に琴をお弾きになったお祝いを申し上げましょう」とおっしゃって、その日の夕暮に、寝殿のほうにお出かけになりました。

りしことのよろこび聞こえむ」とて、夕つ方渡りたまひぬ。

対には、例のおはしまさぬ夜は、宵居したまひて、人々に物語など読ませて聞きたまふ。

夜更けて大殿籠りぬる暁方より、御胸をなやみたまふ。人々見たてまつりあつかひて、「御消息聞こえさせむ」と聞こゆるを、紫の上「いと便ないこと」と制したまひて、たへがたき

紫の上は、いつものように源氏の院がお留守の夜は、遅くまで起きていらっしゃり、女房たちに物語などを読ませて、お聞きになります。

夜もすっかり更けてからようやくお寝みになりました。その未明から、お胸が痛くなられお苦しみになります。女房たちが御介抱するのに困りきって、「源氏の院にお知らせ申し上げましょう」と紫の上に申し上げますのに、「そんなことはしないように」とお止めになって、たまらない苦痛をこらえながら、朝を迎えられました。お

をおさへて明かしたまひつ。御身もぬるみて、御心地もいとあしけれど、院もとみに渡りたまはぬほど、かくなむとも聞こえず。

女御の御方より御消息あるに、「かくなやましくてなむ」と聞こえたまへるに、驚きてそなたより聞こえたまへるに、胸つぶれて急ぎ渡りたまへるに、いと苦しげにておはす。源氏「いかなる御心地ぞ」とて探りたてまつり

体は熱でほてって、御気分もひどくお悪いのに、源氏の院がなかなかお帰りにならない間、これこれとお知らせも申し上げません。

明石の女御のもとから、お便りがありましたので、女房が、「このように御病気でお苦しみです」と、お返事申し上げました。女御が驚かれて、そちらから源氏の院にお伝えになりました。源氏の院は胸もつぶれる思いで急いでお帰りになりました。紫の上はひどくお苦しそうにしていらっしゃいます。「どんな御気分なのですか」と、お体にさわってごらんになると、あま

たまへば、いと熱くおはすれば、昨日聞こえたまひし御つつしみの筋など思しあはせたまひて、いと恐ろしく思さる。

　さまざまの御つつしみ限りなけれど、験も見えず。重しと見れど、おのづからおこたるけぢめあるは頼もしきを、いみじく心細く悲しと見たてまつりたまふに、他事思されねば、御賀の響きもしづまりぬ。かの院よりも、か

りに熱を持っていらっしゃるので、昨日厄年のことで御用心なさらなければとお話ししたことなど、お思い合わせになって、ほんとうに恐ろしくお思いになります。

　さまざまのお祓いの御祈禱を数限りなくなさいますが、効き目は見えず、重態と思われても、自然に快方に向かうようなきざしでもあれば頼もしいのですが、そんな気ぶりもなく、源氏の院は、ただただ心細く悲しんでいらっしゃいます。ほかのことは一切お考えにもなれませんので、朱雀院の御賀の準備の騒ぎも、いつとはなく静まってしまいました。その朱雀院からも、紫の上の御病気のことをお聞きあそばさ

くわづらひたまふよし聞こしめして、御とぶらひいとねむごろにたびたび聞こえたまふ。

同じさまにて、二月も過ぎぬ。言ふ限りなく思し嘆きて、こころみに所を変へたまはむとて、二条院に渡したてまつりたまひつ。院の内ゆすり満ちて、思ひ嘆く人多かり。冷泉院も聞こしめし嘆く。この人亡せたまはば、院もかならず世を背く御本意遂げたま

れて、お見舞いをたいそう丁重に、度々申し上げられます。

同じような御容態のまま、二月も過ぎてしまいました。源氏の院は、言葉もないほど御心配になりお嘆きになられて、試しに場所を変えてみようと、二条の院に紫の上をお移しになられました。六条の院では上を下への大騒ぎになり、悲しみ惑う人も多いのでした。冷泉院もお耳にされてお嘆きあそばします。紫の上が亡くなられたりしたら、源氏の院もかならず出家の本意をお遂げになるだろうと、夕霧の大将

ひてむと、大将の君なども、心を尽くして見たてまつりあつかひたまふ。御修法などは、おほかたのをばさるものにて、とりわきて仕うまつらせたまふ。

いささかもの思し分く隙には、紫の上「聞こゆることを、さも心うく」とのみ恨みきこえたまへど、限りありて別れはてたまはむよりも、目の前に、わが心とやつし捨てたまはむ御

なども、心の限り御看護に尽くしていらっしゃいます。御病気平癒の御祈禱などは、源氏の院がなさるのは言うまでもなく、それ以外にも特別におさせになります。

紫の上は、少し御気分のたしかな時には、「お願いしている出家を、お許し下さらないのが、辛くて」と、そればかりお恨みなさいます。源氏の院は、寿命が尽きて永のお別れをしなければならないことよりも、目の前で、御自分から出家なさって変わりはてた尼姿になられるのを見ては、なおさら片時もたまらないほど、惜しく悲しく思われるにちがいないので、「昔からこのわたしこそ、そうした出家の願い

ありさまを見ては、さらに片時たふまじくのみ、惜しく悲しかるべければ、
源氏「昔より、みづからぞかかる本意深きを、とまりてさうざうしく思されん心苦しさにひかれつつ過ぐすを、さかさまにうち捨てたまはむとや思す」とのみ、惜しみきこえたまふに、げにいと頼みがたげに弱りつつ、限りのさまに見えたまふをりをり多かるを、いかさまにせむと思しまどひつつ、宮の

が深かったのに、後に残されたあなたがどんなに淋しく思われるだろうかと、それが心配なあまり、出家出来ないで年月を過して来たのです。それなのに反対にあなたがわたしを捨ててしまおうとなさるのですか」とばかりおっしゃって、ただもう、紫の上の出家を惜しんでいらっしゃるばかりです。

　そのうちにも、紫の上はとても弱々しくなられ、もう望みが持てないほど衰弱しきって、今にも御臨終かと思われるような時が多くなりました。源氏の院はどうしたものかと思い乱れて、女三の宮のほうへは、ほんの少しのお訪ねもありません。

御方にも、あからさまに渡りたまはず。

御琴どももすさまじくて、皆引き籠められ、院の内の人々は、みなある限り二条院に集ひ参りて、この院には、火を消ちたるやうにて、ただ、女どちおはして、人ひとりの御けはひなりけりと見ゆ。

女御の君も渡りたまひて、もろともに見たてまつりあつかひたまふ。

お琴なども、すっかり興ざめがして、皆、取り片付けてしまいました。六条の院の人々は、誰もみなこぞって二条の院に移ってしまい、六条の院はまるで火が消えたようで、ただ女君たちが残っていらっしゃるだけで、これまでの華やかさは、ただもう紫の上お一人の御威勢で生れていたのだと、今更のように思われます。

明石の女御も、二条の院にお越しになって、源氏の院と御一緒に紫の上を御看病あそばします。紫の上は、「御

紫の上「ただにもおはしまさで、物の怪などいと恐ろしきを、早く参りたまひね」と、苦しき御心地にも聞こえたまふ。

若宮のいとうつくしうておはしますを見たてまつりたまひても、いみじく泣きたまひて、紫の上「おとなびたまはむを、え見たてまつらずなりなむこと。忘れたまひなむかし」とのたまへば、女御、せきあへず悲しと思した

懐妊中でいらっしゃるのに、もし物の怪などに憑かれたら恐ろしいことです。早く宮中にお引き取り下さい」と、苦しい御気分のなかからも、しっかり申し上げます。

お連れになった若宮がとても可愛らしいのを御覧になって、激しくお泣きになるのでした。「大きくおなりになるのを拝見出来ないことでしょうね。きっとわたしのことはお忘れになりますわね」とおっしゃるのを聞かれて、明石の女御は涙をせきとめられず、お悲しみになります。

り。まことや、衛門督は中納言になりにきかし。今の御世にはいと親しく思されて、いと時の人なり。身のおぼえまさるにつけても、思ふことのかなはぬ愁はしさを思ひわびて、この宮の御姉の二の宮をなむ得たてまつりてける。下臈の更衣腹におはしましければ、心やすき方まじりて思ひきこえたまへり。人柄も、なべての人に思ひなずら

さて、そういえば、あの柏木の衛門の督は中納言に昇進していました。今の帝の御信任がたいそう厚くて、まったく今を時めく人でした。御自分の信望がいや増すにつけても、女三の宮への失恋の嘆かわしさを思い悩んでたまらなくなり、女三の宮の姉君の女二の宮を北の方にいただきました。この宮は身分の低い更衣が母君なので、どうしても多少軽く見ていらっしゃいました。人柄も普通の人に比べると、その御様子は何となくはるかに上品でいらっしゃるのですが、はじめに恋して心にしみこんでしまった女三の宮への想いが、やはり深かったので、どうしても心が満たされないのでした。ただ人

ふれば、けはひこよなくおはすれど、もとよりしみにし方こそなほ深かりけれ、慰めがたき姨捨にて、人目に咎めらるまじきばかりにもてなしきこえたまへり。

かくて院も離れおはしますほど、人目少なくしめやかならむを推しはかりて、小侍従を迎へとりつつ、いみじう語らふ。

小侍従、「いで、あなおほけな。そ

目に怪しまれない程度に、北の方として重んじていらっしゃいました。

紫の上の御病気騒ぎから、こうして源氏の院もずっと六条の院にはいらっしゃいませんので、おそらく六条の院は人目も少なくひっそりとしていることだろうと推量して、小侍従を度々お邸へ呼び寄せては、手引きするよう、熱心に掻き口説きます。

小侍従は、「まあ、何と大それたことを。それはそれだけのことだなんて、女二の宮さまをさしおかれて、そ

れをそれとさしおきたてまつりたまひて、また、いかやうに限りなき御心ならむ」と言へば

いとあるまじきことに言ひ返しけれ、もの深からぬ若人は、人のかく身にかへていみじく思ひのたまふを、えいなびはてで、小侍従「もし、さりぬべき隙あらばたばかりはべらむ。院のおはしまさぬ夜は、御帳のめぐりに人多くさぶらひて、御座のほとりに、さ

の上にまた女三の宮をとは、何という際限ないお心なのでしょう」と言います。

小侍従は、初めのうちこそ、全くとんでもない無理なことをと、断っていましたが、まだ分別の足りない若女房のことなので、柏木の衛門の督が、命に代えてもと、ひどく思いつめて熱心にお頼みになるのを、とうとう断りかねて、「もしちょうど都合のよい時が見つかったら、取り計らってみましょう。源氏の院のお留守の夜は、御帳台のまわりに女房たちが大勢集まっていて、御座所の近くにも、必ずこれとい

るべき人かならずさぶらひたまへば、いかなるをりをかは、隙を見つけはべるべからん」とわびつつ参りぬ。

いかにいかにと日々に責められ困じて、さるべきをりうかがひつけて、消息しおこせたり。喜びながら、いみじくやつれ忍びておはしぬ。

四月十余日ばかりのことなり。

御前の方しめやかにて、人しげからぬをりなりけり。近くさぶらふ按察使

ったどなたかが付き添っておられますから、どういう折に、隙を見つけたらいいのかしら」と、困りながら帰って行きました。

　どうなったか、どうしたかと、それからは毎日責められるのに困りきって、小侍従はよい折をやっと見つけ出して、手紙で知らせてきました。柏木の衛門の督はひどく喜んで、あまり目立たないように姿をやつして、人目を忍んでこっそりお出かけになりました。

　四月の十日過ぎのことでした。

　女三の宮のお側のあたりはひっそりとして、人の少ない折なのでした。いつもはお側近くにお仕えしている按

の君も、時々通ふ源中将、せめて呼び出ださせければ、下りたる間に、ただ、この侍従ばかり、近くはさぶらふなりけり。よきをりと思ひて、やをら御帳の東面の御座の端に据ゑつ。さまでもあるべきことなりやは。

宮は、何心もなく大殿籠りにけるを、近く男のけはひのすれば、院のおはすると思したるに、うちかしこまりたる気色見せて、床の下に抱きおろし

察使の君も、時々通ってくる恋人の源の中将が、無理に誘い出しましたので、自分の部屋に下がっていた時に、ただ小侍従だけがお側にひかえていたのでした。よい折だと思い、小侍従は柏木の衛門の督を、そっと宮の御帳台の、東側の御座所の端に坐らせました。ほんとうはそうまでしなくてもよかったのに。

女三の宮は無心にお寝みになっていらっしゃいましたが、身近に男のいる気配がするので、源氏の院がいらっしゃったのだとばかりお思いになりました。ところが男はいかにも恐れかしこまった態度で、宮をお抱きして御帳台

たてまつるに、物におそはるるかとせめて見上げたまへれば、あらぬ人なりけり。

あやしく聞きも知らぬことどもをぞ聞こゆるや。あさましくむくつけくなりて、人召せど、近くもさぶらはねば、聞きつけて参るもなし。わななきたまふさま、水のやうに汗も流れて、ものもおぼえたまはぬ気色、いとあはれにらうたげなり。

の下にお下ろし申します。宮は夢に何か恐ろしいものにでも襲われているのかと、精一杯お目を開いてその者を見上げられますと、なんと源氏の院とは違った男なのでした。

　その男は妙な、何を言っているのか意味もわからないようなことを、くどくどと言うではありませんか。女三の宮は気も動転して驚き呆れ、気味が悪く恐ろしくなられて、女房をお呼びになりましたが、近くには誰もひかえていないので、お声を聞きつけて参る者もおりません。わなわな震えていらっしゃる御様子で、冷や汗も水のように流されて、今にも気も失わんばかりのお顔つきは、ほんとうに痛々しく、可

この人なりけりと思すに、いとめざましく恐ろしくて、つゆ答へもしたまはず。

よその思ひやりはいつくしく、もの馴れて見えたてまつらむも恥づかしく推しはかられたまふに、ただかばかり思ひつめたる片はし聞こえ知らせて、なかなかかけかけしきことはなくてやみなむと思ひしかど、いとさばかり気高う恥づかしげにはあらで、なつかし

憐でいらっしゃいます。

　女三の宮は柏木の衛門の督だったと気づかれました。宮はひどく心外で腹立たしく、また恐ろしかったので、一言の御返事もなさいません。

　よそながら想像していたかぎりでは、女三の宮は威厳がおありで、馴れ馴れしく打ちとけてお逢いするなどしたら、気おくれしそうなお方と推量していましたので、柏木の衛門の督は、ただ、こんなにまで思いつめた恋心の片端だけでも訴えて、お聞きいただければ、かえってそれ以上の色めいた行為には及ばないでおこうと、思っておりました。ところが現実の女三の宮は、それほど気高く、気がひけて近寄

くらうたげに、やはやはとのみ見えたまふ御けはひの、あてにいみじく思ゆることぞ、人に似させたまはざりける。さかしく思ひしづむる心も失せて、いづちもいづちも率て隠したてまつりて、わが身も世に経るさまならず、跡絶えてやみなばやとまで思ひ乱れぬ。

ただいささかまどろむともなき夢に、この手馴らしし猫のいとらうたげ

りにくいというようではなくて、やさしく可愛らしく、いかにもなよやかにお見えの感じが、この上なく上品で美しく思われますのは、誰に比べようもないのでした。

衛門の督は、そんな女三の宮のお姿を近々と目にし、柔らかいお肌にふれているうちに、もう冷静な理性も自制もすべて失ってしまって、どこへなりとも女三の宮をお連れして、お隠ししてしまい、自分もまた世間を捨てて、御一緒に行方をくらましてしまおうかとまで、惑乱するのでした。

その後、ほんの少しうとうとしたとも思えない束の間の夢に、柏木の衛門の督は、あの手馴らした猫が、いかに

にうちなきて来たるを、この宮に奉らむとてわが率て来たると思しきを、何しに奉りつらむと思ふほどにおどろきて、いかに見えつるならむと思ふ。

宮は、いとあさましく、現ともおぼえたまはぬに、胸ふたがりて思しおぼほるるを、柏木「なほ、かく、のがれぬ御宿世の浅からざりけると思ほしなせ。みづからの心ながらも、うつし心にはあらずなむおぼえはべる」。かの

も可愛らしい声で鳴きながら近寄って来たのを見ました。この宮にお返ししようと、自分が連れて来たように思われるのだけれど、どうしてお返しなどしたのだろうと思ったところで、目がさめました。いったいなぜこんな夢を見たのかと、衛門の督ははたと思いました。

女三の宮は、信じられないこの成り行きの、あまりの浅ましさに、かえって現実のこととも思いになれず、胸も塞がり茫然と途方にくれて、悲嘆に沈みこんでいらっしゃいます。柏木の衛門の督は、「やはり、こうして逃れられない前世からの深い因縁で結ばれていたのだとおあきらめ下さい。我な

おぼえなかりし、御簾のつまを猫の綱ひきたりし夕のことも、聞こえ出でたり。げに、さはたありけむよと口惜しく、契り心憂き御身なりけり。院にも、今は、いかでかは見えたてまつらむと悲しく心細くていと幼げに泣きたまふを、いとかたじけなく、あはれと見たてまつりて、人の御涙をさへ拭ふ袖は、いとど露けさのみまさる。明けゆくけしきなるに、出でむ方な

がら、正気の沙汰とも思われません」と言って、あの、女三の宮としては記憶にもなかった、御簾の裾を猫の綱が引き上げた、春の夕暮の出来事も、お話し申し上げたのでした。そういえば、たしかにそんなこともあったかと、女三の宮は口惜しくてなりません。

思えばこんな取り返しもつかない過ちを犯すような薄幸な運命のお方なのでした。源氏の院にも、こんなことになった以上、これからはどうしてお目にかかることが出来ようと、悲しくて心細くて、まるで幼い子供のようにお泣きになります。柏木の衛門の督は、そんな女三の宮がただもうもったいな

くなかなかなり。

　おきてゆく空も知られぬ明けぐれに
　　いづくの露のかかる袖なり

と、引き出でて愁へきこゆれば、出でなむとするにすこし慰めたまひて、

　明けぐれの空に憂き身は消えななむ
　　夢なりけりと見てもやむべく

とはかなげにのたまふ声の、若くをかしげなるを、聞きさすやうにて出でぬる魂は、まことに身を離れてとまり

くもお可哀そうにも思われて、宮のお涙まで拭ってさし上げる自分の袖は、ますます涙で濡れまさるばかりでした。

　夜もようやく明けていくようですが、帰って行こうとしても、行方もなく、衛門の督は思いを遂げて、かえって切なさに身をさいなまれるようでした。

　おきてゆく空も知られぬ明けぐれに
　　いづくの露のかかる袖なり

（起きて別れて行く、その行方さえわからない、夜明けの薄暗がりに、しとどに濡れたわたしの袖は、どこの露がかかったものか）

と、袖を引き出して悲しそうに訴えら

ぬる心地す。
女宮の御もとにも参でたまはで、大殿へぞ忍びておはしぬる。うち臥したれど目もあはず、見つる夢のさだかにあはむことも難きをさへ思ふに、かの猫のありしさま、いと恋しく思ひ出でらる。さてもいみじき過ちしつる身かな、世にあらむことこそまばゆくなりぬれ、と恐ろしくそら恥づかしき心地して、歩きなどもしたまはず。

れるので、男はもう出て行ってしまうのだと、女三の宮は少しほっとなさって、

明けぐれの空に憂き身は消えななむ
夢なりけりと見てもやむべく

(この夜明けの暗い空に、情けなく辛いわたしの身は、掻き消えてしまいたい、あのおぞましい出来事は、すべて夢だったとすまされるように)

と、はかなそうにおっしゃるお声の、若々しく美しいのを、聞きも終らず帰ってきた衛門の督の魂は、古歌にもあるように、この身を離れて女三の宮の袖の中に留まっているような気がしました。

柏木の衛門の督は、そこから女二の

なやましげになむとありければ、大殿聞きたまひて、いみじく御心を尽くしたまふ御事にうち添へて、またいかにと驚かせたまひて渡りたまへり。そこはかと苦しげなることも見えたまはず、いといたく恥ぢらひしめりて、さやかにも見あはせたてまつりたまはぬを、久しくなりぬる絶え間を恨めしく思すにやといとほしくて、かの御心地のさまなど聞こえたまひて、

宮のお邸にはいらっしゃらず、父大臣のお邸にこっそりお越しになりました。寝床で横になってみたものの、眠ることも出来ず、あの猫の夢が、世間で言うように、確かに妊娠の印として、ほんとうにその通りになって、女三の宮が御妊娠あそばすようなことは、とうてい有り得ないものをとまで考えると、夢の中の猫の様子が、たいそう恋しく思い出されるのでした。

「それにしても、何という大それた過ちを犯してしまったものだ。これでもう、堂々と世の中に生きていくことも出来なくなってしまった」と、恐ろしいやら、恥ずかしいやらで、身もすくむ思いがして、それからは出歩きもな

源氏「いまはのとぢめにもこそあれ。今さらにおろかなるさまを見えおかれじとてなむ。いはけなかりしほどよりあつかひそめて、見放ちがたければ、かう、月ごろよろづを知らぬさまに過ぐしはべるぞ。おのづから、このほど過ぎば、見なほしたまひてむ」など聞こえたまふ。かく、けしきも知りたまはぬもいとほしく心苦しく思されて、宮は、人知れず涙ぐましく思さる。

さらないのでした。

女三の宮の御加減がお悪いようだという知らせを、源氏の院はお聞きになられて、たいそう御心配な紫の上の御病気に加えて、また女三の宮までどうしたことかと驚かれて、六条の院へお帰りになりました。

女三の宮は、どこといって苦しそうな御様子もお見えでなく、ただひどく恥ずかしそうにふさぎこんで、まともにお顔をお見せになろうともなさいません。源氏の院はそんな女三の宮の御様子に、久しくこちらへお訪ねしなかったのを、恨んでいらっしゃるのかといじらしくて、紫の上の御病状などをお話しなさって、「もうこれが最後か

督の君は、まして、なかなかなる心地のみまさりて、起き臥し明かし暮らしわびたまふ。祭の日などは、物見にあらそひ行く君達かき連れ来て言ひそそのかせど、なやましげにもてなして、ながめ臥したまへり。

女宮も、かかる気色のすさまじげさも見知られたまへば、何ごととは知りたまはねど、恥づかしくめざましきに、もの思はしくぞ思されける。

もしれません。この期に及んで薄情な扱いをしたと思われたくありませんので、あちらに付きっきりになっているのです。幼い時から面倒を見てきて、今更見捨ててもおけませんので、この幾月、何もかも打ち捨てたようにして看病しているのです。いずれこうしたことが一段落しましたら、自然にわたしの真心も見直していただけることでしょう」などとお話しなさいます。源氏の院がこんなふうで、あの衛門の督との秘密に全くお気づきにならないのが、お気の毒でもあり、心苦しくもお思いになって、女三の宮は人知れず涙ぐまれるのでした。

衛門の督は女三の宮にもまして、な

女房など物見にみな出でて人少なにのどやかなれば、うちながめて、箏の琴なつかしく弾きまさぐりておはするけはひも、さすがにあてになまめかしけれど、同じくは、いま一際及ばざりける宿世よと、なほおぼゆ。

もろかづら落葉を何にひろひけむ
　名はむつましきかざしなれども

と書きすさびゐたる、いとなめげなる後言なりかし。

まじああした逢瀬を遂げたばかりに、かえって恋しさ辛さがつのるばかりで、寝ても覚めても、明けても暮れても、恋いわびて悩みつづけていらっしゃいます。賀茂の祭の日などは、先を争って見物に出かける公達が連れだって来て、誘いだそうとあれこれ言ってそそのかしますけれど、病気のふりを装って、悩み沈んで床についていらっしゃるのでした。

　女二の宮も、こうした衛門の督のそぶりのいかにも不興気な様子を見馴れてはいらっしゃるものの、ほんとうの事情はおわかりにならないままに、あまり自分をないがしろにした心外な扱いを受けることに、口惜しく、憂鬱な

大殿の君は、まれまれ渡りたまひて、えふともたち帰りたまはず、静心なく思さるるに、「絶え入りたまひぬ」とて人参りたれば、さらに何ごとも思し分かれず、御心もくれて渡りたまふ。

いみじき御心の中を仏も見たてまつりたまふにや、月ごろさらにあらはれ出で来ぬ物の怪、小さき童に移りて呼ばひののしるほどに、やうやう生き出

お気持なのでした。

女房たちは皆、祭見物に出かけてしまって、邸内は人影も少なく、もの静かなので、ぼんやりと物思いにふけりながら、箏の琴をやさしい音色で、弾くともなく弾いていらっしゃる女二の宮の御様子は、さすが内親王だけに気品が具わり、優雅でいらっしゃいますが、衛門の督は、「どうせ同じことなら、あちらの女三の宮をいただきたかったのに、今ひとつ自分の運が足りなかったのだ」と、まだ悔やんでいらっしゃいます。

もろかづら落葉を何にひろひけむ
名はむつましきかざしなれども

（桂と葵の両鬘の挿頭のように、仲よく

でたまふに、うれしくもゆゆしくも思し騒がる。

いみじく調ぜられて、物の怪「人はみな去りね。院一ところの御耳に聞こえむ。おのれを、月ごろ、調じわびさせたまふが情なくつらければ、同じくは思し知らせむと思ひつれど、さすがに命もたふまじく身をくだきて思しまどふを見たてまつれば、今こそ、かくいみじき身を受けたれ、いにしへの心

並んだ姉妹の中から、どうして見栄えのしない、落葉のような方を、拾ってしまったのだろう)

と、手すさびに書き流しているのは、女二の宮にずいぶん失礼な陰口です。

源氏の院は、ごくまれにしか六条の院にいらっしゃいませんので、来てすぐ二条の院へお帰りになるわけにもいかず、紫の上のことが気がかりで、そわそわしていらっしゃいます。そこへ使いが来て、「只今、紫の上の息が絶えておしまいになりました」と告げました。源氏の院はもう何の分別もつかず、お心も真っ暗になって二条の院へお帰りになります。

源氏の院の極まりない御傷心を、み

の残りてこそかくまでも参り来たるなれば、ものの心苦しさをえ見過ぐさでつひに現はれぬること。さらに知られじと思ひつるものを」とて、髪を振りかけて泣くけはひ、ただ、昔見たまひし物の怪のさまと見えたり。

　かく、生き出でたまひての後しも、恐ろしく思して、またまたいみじき法どもを尽くして加へ行はせたまふ。

　御髪おろしてむと切に思したれば、

仏も御照覧あそばしたのでしょうか、この幾月、とんと現れなかった物の怪が小さな女の子に乗り移って、大声でわめきはじめた間に、紫の上は、ようやく息を吹き返されました。源氏の院は、あまりにも喜ばしい一方、また死にはしないかと恐ろしくもお思いになり、お心が騒ぎます。

　物の怪は、僧たちにきびしく調伏されて、「皆の者はここから出て行きなさい。源氏の君お一方だけのお耳に申し上げましょう。わたしはこの幾月調伏されて、こらしめ苦しめられるのが、あまりに情けなく辛いので、どうせ取り憑いたのなら、命を奪って思い知らせてあげようと思いましたが、さ

忌むことの力もやとて、御頂しるしばかりはさみて、五戒ばかり受けさせたてまつりたまふ。

五月などは、まして、晴れ晴れしからぬ空のけしきにえさはやぎたまはねど、ありしよりはすこしよろしきさまなり。

六月になりてぞ時々御頭もたげたまひける。めづらしく見たてまつりたまふにも、なほいとゆゆしくて、六条

すがに源氏の君がお命も危うくなりそうなほど、骨身を砕いて嘆き惑う御様子を拝見しますと、わたしも今はこうした浅ましい魔界に生れておりますものの、昔のあなたへの恋の執着が残っておればこそ、ここまで参ったのですから、あなたが悲しみのあまり取り乱している御様子を見るにしのびなくて、とうとう正体を現してしまいました。決してわたしだと悟られまいと思っておりましたのに」と、髪を顔に振りかけて泣く様子は、ただもう、昔御覧になった六条の御息所の物の怪とそっくりに見えます。

こうして紫の上が蘇生なさった後も、源氏の院はかえって恐ろしくお思

院にはあからさまにもえ渡りたまはず。

姫宮は、あやしかりしことを思し嘆きしより、やがて例のさまにもおはせず、なやましくしたまへど、おどろおどろしくはあらず、立ちぬる月より物聞こしめさで、いたく青みそこなはれたまふ。

かの人は、わりなく思ひあまる時々は夢のやうに見たてまつりけれど、宮

いになり、またまた大層な御祈禱の数々を、ほかに幾つもなさった上、更に新たに御祈禱をお加えになります。

紫の上が御落飾なさりたいと、しきりにお望みになりますので、受戒の功徳によって御病気の御平癒もあるだろうかと、お頭の頂に形ばかり、ちょっと鋏を入れて、五戒だけをお受けさせになりました。

五月の梅雨の頃などは、まして晴れ晴れしない空模様ですから、御病人は爽やかな御気分にはおなりになれません。それでもこれまでよりは多少御容体も落ち着かれた御様子です。

六月になってから、時々お頭をお上げになられるようになりました。源氏

は、尽きせずわりなきことに思したり。院をいみじく怖ぢきこえたまへる御心に、ありさまも人のほども等しくだにやはある。

いたくよしめき、なまめきたれば、おほかたの人目にこそ、なべての人にはまさりてめでらるれ、幼くよりさるたぐひなき御ありさまにならひたまへる御心には、めざましくのみ見たまふほどに、かくなやみわたりたまふは、

の院は、そんな御様子も久々のことなので嬉しくお感じになるものの、まだとても御心配で、六条の院へは、かりそめにもお出かけにはなれません。

女三の宮は、あの信じられないような忌まわしい出来事を苦に病まれて、悲しさのあまり、そのままお体の具合がいつもとお変わりになって御病気になられました。大した病状ではなくても、月が改まり、五月になって以来、お食事も進まず、たいそう青ざめてやつれていらっしゃいます。

あの衛門の督は、女三の宮への恋の思いに堪えかねてたまらない折々には、夢のようにはかない逢瀬を重ねていましたが、女三の宮は、どこまでも

あはれなる御宿世にぞありける。御乳母たち見たてまつり咎めて、院の渡らせたまふこともいとたまさかなるを、つぶやき恨みたてまつる。

出でたまふ方ざまはものうけれど、内裏にも院にも聞こしめさむところあり、なやみたまふと聞きてもほど経ぬるを、目に近きに心をまどはしつるほど、見たてまつることもをさをさなかりつるに、かかる雲間にさへやは絶え

無体なことと厭がっていらっしゃいます。日頃、源氏の院をひどく怖がっていらっしゃる宮のお目からは、衛門の督の容姿も人品も源氏の院とはとうてい比べものになりません。

衛門の督はたいそう上品で優雅なので、世間の人の目からは、並一通りの男よりは秀れているように認められもしましょうが、幼い頃から、あのようなたぐいまれな源氏の院のお姿を見馴れていらっしゃった女三の宮にとっては、ただ不愉快にお感じになるばかりでした。それなのに衛門の督の胤を宿しておしまいになり、ずっと悪阻でお悩みでいらっしゃるのは、何というおいたわしい宿縁なのでしょう。乳母た

籠らむと思したちて渡りたまひぬ。

宮は、御心の鬼に、見えたてまつらむも恥づかしうつつましく思すに、ものなど聞こえたまふ御答へも聞こえたまはねば、日ごろの積もりを、さすがにさりげなくてつらしと思しける、と心苦しければ、とかくこしらへきこえたまふ。おとなびたる人召して、御心地のさまなど問ひたまふ。

「例のさまならぬ御心地になむ」とわ

ちは御懐妊に気づいて、源氏の院のお越しになるのも、ほんのまれでしかないのにと、ぶつぶつ言ってお恨み申し上げています。

源氏の院は女三の宮のもとにお出かけになるのは気が進みませんけれど、帝や朱雀院がどうお思いになるかと、その手前もあり、女三の宮が御病気だと聞いてからも、もう何日も過ぎているのに、お側の紫の上の御病気に心痛して途方にくれていた間に、女三の宮のお見舞いはすっかり怠っていました。こうした紫の上の御容態の少しい晴れ間にさえ、こちらに引き籠りつづけているのもと思い立って、六条の院にお出かけになりました。

づらひたまふ御ありさまを聞こゆ。

源氏「あやしく、ほど経てめづらしき御事にも」とばかりのたまひて、御心の中には、年ごろ経ぬる人々だにもさることなきを、不定なる御事にもやと思せば、ことにともかくものたまひあへしらひたまはで、ただうちなやみたまへるさまのいとらうたげなるをあはれと見たてまつりたまふ。

かの人も、かく渡りたまへりと聞く

女三の宮は良心の呵責を感じて、源氏の院にお目にかかるのも恥ずかしく気のひける思いでいらっしゃるので、源氏の院が何かとお話しかけになるのにお返辞も申し上げられません。長い御無沙汰を、源氏の院は、表面はさりげなくしていらっしゃるものの、さすがに恨んでいらっしゃったのだろうとお心が咎めて、何かと御機嫌をお取りになっていらっしゃいます。年輩の女房をお呼びになって、女三の宮の御容態などをお尋ねになります。

「普通の御病気とは御様子が違うようでございます」と、女房は御懐妊らしいと申し上げます。源氏の院は、「おかしいね。ずいぶん年がたって、今頃

に、おほけなく心あやまりして、いみじきことどもを書きつづけておこせたまへり。

いとど胸つぶるるに、院入りたまへば、えよくも隠したまはで、御茵の下にさしはさみたまひつ。

夜さりつ方、二条院へ渡りたまはむとて、御暇聞こえたまふ。例は、なまいはけなき戯れ言などもうちとけ聞こえたまふを、いたくしめりて、さや

そんな珍しいことがあるとは」とだけおっしゃって、お心のうちでは、長年連れ添われた方々でさえ、そうしたことはなかったのだから、ひょっとしたら思い違いで、妊娠ではないのかもしれないとお思いになりましたので、取り立ててそれについては、あれこれとお話し合いはなさいません。ただ、女三の宮の御病気の御様子がいかにも痛々しいのを、いとしく、お可哀そうにお感じになります。

　柏木の衛門の督も、源氏の院がこうして六条の院にお越しになられたと聞くにつけ、自分の立場もわきまえず逆恨みして、嫉妬でやきもきして、大層な恨みの数々をお手紙に書きつづけ

かにも見あはせたてまつりたまはぬを、ただ世の恨めしき御気色と心得たまふ。

昼の御座にうち臥したまひて、御物語など聞こえたまふほどに暮れにけり。すこし大殿籠り入りにけるに、蜩のはなやかに鳴くにおどろきたまひて、源氏「さらば、道たどたどしからぬほどに」とて、御衣など奉りなほす。女三の宮「月待ちて、とも言ふ

て、小侍従に寄こしました。

女三の宮は手紙を御覧になると、いっそうどきどきして胸がつぶれるような思いでいらっしゃいます。そこへ源氏の院が入っていらっしゃいましたので、とっさに手紙を手際よく隠すことも出来なくて、あわててお茵の下にさしこまれました。

その夜のうちに、二条の院へお帰りになろうとして、源氏の院は女三の宮にお暇乞いの御挨拶をなさいます。いつもは、なんとなく子供っぽい冗談などおっしゃって、無邪気にお打ちとけになりますのに、今日はひどくしんみり沈みこんで、まともにお目をお合わせしようともなさいませんので、源氏

なるものを」と、いと若やかなるさましてのたまふは憎からずかし。「その間にも」とや思すと、心苦しげに思して立ちとまりたまふ。

思しやすらひて、なほ情なからむも心苦しければとまりたまひぬ。静心なくさすがにながめられたまひて、御くだものばかりまゐりなどして大殿籠りぬ。

まだ朝涼みのほどに渡りたまはむと

の院は、やはり自分と紫の上の仲を嫉妬して、すねていらっしゃるのだろうとお思いになります。

昼間の御座所で、しばらくおふたりで横になられて、何かとお話しなどしていらっしゃるうちに、日が暮れました。そのまま少しお寝みになっていらっしゃいましたが、蜩がかん高く鳴く声に目をお覚ましになられ、「では、夜道が暗くならないうちに」とおっしゃって、御召物をお着がえになります。女三の宮が、「〈月待ちて帰れわがせこ〉と古歌にも言っているのに」と、いかにも初々しいそぶりでおっしゃいますのが、いかにも可愛らしいのです。源氏の院は「〈その間にも見

て、とく起きたまふ。源氏「昨夜のかはほりを落として。これは風ぬるくこそありけれ」とて、御扇置きたまひて、昨日うたた寝したまへりし御座のあたりを立ちとまりて見たまふに、御茵のすこしまよひたるつまより、浅緑の薄様なる文の押しまきたる端見ゆるを、何心もなく引き出でて御覧ずるに、男の手なり。紙の香などいと艶に、ことさらめき

む〉という歌の結句のように、女三の宮は別れにくい気持になっていらっしゃるのか」と、いじらしくお感じになって、お立ち止まりになります。

どうしたものかと躊躇なさって、やはり女三の宮に情なくするのもしのびなくて、その夜はお泊まりになりました。それでも紫の上のことがずっと御心配で落ち着かず、さすがに物思いに心が沈まれるので、果物などを召し上がったぐらいで、お寝みになられました。

翌朝は、まだ朝の涼しいうちにお立ちになろうとして、早くからお起きになりました。「昨夜、扇をどこかへなくしてしまって困っている。この檜扇

たる書きざまなり。二重ねにこまごまと書きたるを見たまふに、紛るべき方なくその人の手なりけりと見たまひつ。

大殿は、この文のなほあやしく思さるれば、人見ぬ方にて、うち返しつつ見たまふ。さぶらふ人々の中に、かの中納言の手に似たる手して書きたるかとまで思しよれど、言葉づかひきらきらと紛ふべくもあらぬことどもあ

では風が生ぬるくて」とおっしゃって、その扇をお置きになって、昨日おふたりでうたたねなさった昼の御座所のあたりを、立ち止まってお探しになりますと、お茵の少し乱れた端から、浅緑の薄い紙に書いた手紙を巻いた端が覗いています。何心なくそれを引き出して御覧になると、それは男の筆跡なのでした。

紙に薫きしめた香の匂いなどたいそうなまめかしく、意味あり気な文章です。二枚の紙にこまごまと書かれたのをお読みになりますと、まぎれもなく柏木の衛門の督のお手紙だとおわかりになりました。

源氏の院は、例の手紙がまだ腑に落

り。
年を経て思ひわたりけることの、たまさかに本意かなひて、心やすからぬ筋を書き尽くしたる言葉、いと見どころありてあはれなれど、いとかくさやかには書くべしや、あたら、人の、文をこそ思ひやりなく書きけれ、落ち散ることもこそと思ひしかば、昔、かやうにこまかなるべきをりふしにも、言そぎつつこそ書き紛らはししか、人の

ちませんので、人のいないところで、繰り返し幾度も御覧になります。女三の宮にお仕えする女房たちの誰かが、あの柏木の中納言の筆跡に似た筆つきで書いたのかとまで、考えて御覧になりますが、言葉づかいが歴然としていて、本人にちがいないと思われる節々もあります。

長の年月思いつづけていた恋がたまたま遂げられて、かえって不安が増し、苦しくてならないといったことを、ことばを尽くして書きつづけてある文章は、なかなか優れていて、感動的ですけれど、「それにしても、恋文などはこうまではっきり露骨に書いていいものか。せっかく、あれほどの立

深き用意は難きわざなりけり、とかの人の心をさへ見おとしたまひつ。

さても、この人をばいかがもてなしきこゆべき、めづらしきさまの御心地もかかることの紛れにてなりけり、いで、あな心憂や、かく人づてならず憂きことを知る知る、ありしながら見たてまつらむよ、とわが御心ながらも、え思ひなほすまじくおぼゆるを

いと心づきなけれど、また気色に出

派な男が、よくもこんな手紙を不用意に書いたものだ。万一、落としたりして人目に触れることがあってはと要心して、昔、自分の若い頃などは、こんなふうにこまごまと書きたい時でも、文章を出来るだけ簡略にして、ぼんやりと書きまぎらしたものだった。そういう要心深い細心な気配りは、なかなか出来難いことだったのだなあ」と、女三の宮とともに、柏木の衛門の督の浅慮をも、軽蔑なさってしまわれたのでした。

「それにしても、これから女三の宮に、どういうお扱いをしたらいいものか。どうやら御懐妊だという御容態も、こういう不倫の恋の結果だったと

だすべきことにもあらずなど思し乱るるにつけて、故院の上も、かく、御心には知ろしめしてや、知らず顔をつくらせたまひけむ、思へば、その世のことこそは、いと恐ろしくあるまじき過ちなりけれ、と近き例を思すにぞ、恋の山路はえもどくまじき御心まじりける。

姫宮は、かく渡りたまはぬ日ごろの経るも、人の御つらさにのみ思すを、

いうことか。何という情けないことだ。こうして自分がじかにこんなうとましい秘密を知りながら、これまで通り大切にお世話しなければならないのだろうか」と、御自分の心ながらも、前同様お世話しようとは、とても思い直すことは出来ないとお考えになります。

　非常に不愉快に思っていらっしゃるのだけれど、顔色にそれと出すべきことでもないと、あれこれお悩みになるにつけても、「亡き桐壺院も、今の自分と同じように、お心の内では何もかもあの藤壺の宮との密通のことを御承知でいらして、その上でそ知らぬふりをなさっていらっしゃったのではない

今は、わが御怠りうちまぜてかくなりぬると思すに、院も聞こしめしつけていかに思しめさむと、世の中つつましくなむ。

かの人も、いみじげにのみ言ひわたれども、小侍従も、わづらはしく思ひ嘆きて、「かかることなむありし」と告げてければ、いとあさましく、いつのほどにさること出で来けむ、かかることは、あり経れば、おのづからけし

だろうか。思えば、あの昔の一件こそは、何という恐ろしい、あるまじき過失だったことか」と、身近な御自身の過去の例を思い出されるにつけ、昔から言うように「恋の山路」は迷うものなので、それに迷う人を非難するなど、出来た義理かという、お気持もなさるのでした。

女三の宮は、こうして源氏の院のお越しにならない日々が過ぎていくのも、これまでは源氏の院の冷淡なお心のせいだとばかり思っていらっしゃいましたが、今では、御自分の過ちのせいもあって、こんなことになったのだとお考えになります。朱雀院がこうしたことをお聞き及びになれば、何と思

きにても漏り出づるやうもやと思ひしだにいとつつましく

さして重き罪には当たるべきならねど、身のいたづらになりぬる心地すれば、さればよと、かつはわが心もいとつらくおぼゆ。

宮は、いとらうたげにてなやみわたりたまふさまのなほいと心苦しく、かく思ひ放ちたまふにつけては、あやにくに、うきに紛れぬ恋しさの苦しく思

し召すことやらと、世間も狭くなったような思いでいらっしゃいます。

あの柏木の衛門の督も、ひどく切なそうに、思いのたけを絶えず書き送ってきますけれど、小侍従も面倒なことになってと恐れて心を痛めます。「こんなことがありました」と、源氏の院に手紙を読まれた一件を、衛門の督に報せましたので、衛門の督はあまりのことと驚いて、「いったい、いつの間に、そんなことが起こったのだろう」、こういうことは長くつづいていれば、自然に気配だけでもほかに漏れて感づかれることもあるかもしれないと思っただけでも、たまらなく身のすくむ思いがします。

さるれば、渡りたまひて見たてまつりたまふにつけても、胸いたくいとほしく思さる。御祈禱などさまざまにせさせたまふ。おほかたのことはありしに変らず、なかなかいたはしくやむごとなくもてなしきこゆるさまを増したまふ。

け近くうち語らひきこえたまふさまは、いとこよなく御心隔たりてかたはらいたければ、人目ばかりをめやすく

それほど重罪に当たるというのでもないとしても、これでもう自分の一生は破滅してしまった、という気がするので、やはりこんな結果になると考えないでもなかったのにと、一方では自分でこんなことをした自分の心が、ひどく恨めしくも思われます。

宮はいかにも痛々しく、ひきつづき御気分がお悪くてお悩みの様子が、源氏の院にはやはりお可哀そうでなりません。こうして女三の宮のことはきっぱり捨てきってしまおうと思うと、あいにくなことに、かえって憎いとばかりは思いきれない恋しさが切なく湧き起こってくるのでした。六条の院にお出かけになって、宮にお逢いになるに

もてなして、思しのみ乱るるに、この御心の中しもぞ苦しかりける。さること見き、ともあらはしきこえたまはぬに、みづからいとわりなく思したるさまも心幼し。

二条の尚侍の君をば、なほ絶えず思ひ出できこえたまへど、かくうしろめたき筋のことうきものに思し知りて、かの御心弱さもすこし軽く思ひなされたまひけり。つひに御本意のこと

つけても、胸が切なく痛み、いとおしさがこみあげていらっしゃいます。御安産の御祈禱など、いろいろとおさせになります。表向きのお世話は、これまで通りで何も変わっていません。かえっていっそうおやさしく大切にお世話なさる御様子は、これまで以上とさえお見受けします。

けれどもおふたりの間に夫婦として愛しあうことはなくなっています。源氏の院としては、もうすっかりお心が離れているので具合が悪く、人前だけはどうにかとりつくろって、お心の内ではあれこれ悩み苦しんでいらっしゃいます。それを感じて女三の宮のお心の中は、なおいっそうお苦しいのでし

したまひてけりと聞きたまひては、いとあはれに口惜しく、御心動きて、まづとぶらひきこえたまふ。

作物所の人召して、忍びて、尼の御具どものさるべきはじめのたまはす。御茵、上蓆、屏風、几帳などのことも、いと忍びて、わざとがましくいそがせたまひけり。

かくて、山の帝の御賀も延びて、秋とありしを、八月は、大将の御忌月に

た。ああした手紙を見たともはっきりおっしゃらないのに、女三の宮がおひとりでたいそう苦しみ困りきっていらっしゃるのも、源氏の院には、いかにも幼稚で愚かしく見えます。

今では二条にいらっしゃる尚侍の朧月夜の君のことは、まだ絶えずお思い出しになっていらっしゃいますけれど、こうした後ろ暗い筋合いの恋は、女三の宮の過ち以来、つくづく厭わしいものとお悟りになって、朧月夜の君の靡きやすい意志の弱さも、少しお蔑みになるお気持なのでした。

その朧月夜の君が、とうとう宿願の出家を遂げられた、とお聞きになられて、あまりにも悲しく名残惜しくて、

て、楽所のこと行ひたまはむに便なかるべし、九月は、院の大后の崩れたまひにし月なれば、十月にと思しまうくるを、姫宮いたくなやみたまへば、また延びぬ。

衛門督の御あづかりの宮なむ、その月には参りたまひける。太政大臣ゐたちて、いかめしく、こまかに、もののきよら、儀式を尽くしたまへりけり。督の君も、そのついでにぞ、思ひ起こ

お心が動揺なさいまして、早速お見舞いのお手紙をさし上げます。今から出家するということさえ、ほのめかしても下さらなかった冷淡さをひとかたならずお恨みになります。

作物所の役人をお呼びになって、ひそかに、尼のお使いになるお調度類にふさわしいものをはじめとして、いろいろ御用命になります。お茵、上蓆、屏風、几帳なども、目立たぬようにこっそりと、特別に入念に用意をおさせになりました。

紫の上の大病などで、お山にいらっしゃる朱雀院の五十の御賀の御催しも延び延びになり、秋ということだったのに、八月は夕霧の大将の御母葵の上

して出でたまひける。なほなやましく、例ならず病づきてのみ過ぐしたまふ。

衛門督をば、何ざまのことにも、ゆゑあるべきをりふしには、かならずことさらにまつはしたまひつつのたまはせあはせしを、絶えてさる御消息もなし。人、あやしと思ふらむと思せど、見むにつけても、いとどほれぼれしき方恥づかしく、見むには、また、わが

の忌月に当たるので、音楽の準備などなさるのは不都合です。九月は、朱雀院の御母弘徽殿の大后のおかくれになった月なので、十月にというおつもりでいらっしゃったところ、今度は女三の宮がひどくお患いになられたので、また延引しました。

　柏木の衛門の督の北の方になられた女二の宮だけが、十月にはお山へお祝いにお出向きになりました。舅の前の太政大臣が万事お世話なさり、盛大ななかにもこまやかに配慮されて、儀式はきらびやかに格式高く行われました。柏木の衛門の督も、その機会に無理に気を張って出席なさいました。しかしその後もやはり気分がすぐれず病

心もただならずやと思し返されつつ、やがて、月ごろ参りたまはぬをも咎めなし。

おほかたの人は、なほ例ならずなやみわたりて、院に、はた、御遊びなどなき年なればとのみ思ひわたるを、大将の君ぞ、あるやうあることなるべし、すき者はさだめて、わが気色とりしことには忍ばぬにやありけむ、と思ひよれど、いとかく定かに残りなきさ

気がちにお過しになります。

　これまでは、何か事ある毎に、柏木の衛門の督をわざわざお呼び出しになり、趣向を凝らす必要のあるような催しには、かならず相談相手になさっていらっしゃったのに、今回は、全くそうしたお声もおかけになりません。それでは人が怪しむだろうと源氏の院もお考えになるのですが、会えばきっと、ますます自分の阿呆らしさが相手の目に映るだろうと気おくれがするし、自分としてもとても平静な気持ではいられまいと、思い直して、そのまま幾月も衛門の督が参上しないのもお咎めになりません。

　世間の人々は、衛門の督の体がまだ

まならむとは、思ひよりたまはざりけり。

十二月になりにけり。十余日と定めて、舞ども馴らし、殿の内ゆすりてののしる。二条院の上は、まだ渡りたまはざりけるを、この試楽によりぞ、えしづめはてで渡りたまへる。女御の君も里におはします。このたびの御子は、また男にてなむおはしましける。すぎすぎいとをかしげにておはする

普通でなく、ずっと病気中のことだし、六条の院でも音楽のお遊びなどのない年だからとばかり思っていました。夕霧の大将だけは、何かわけがありそうだ、あの色好みな衛門の督は、きっと自分が気づいた女三の宮への恋情を抑えかねたのではないかと、思い当たりましたけれど、まさかこれほどはっきり何もかも源氏の院に露見してしまっているとは、思いも及ばなかったのでした。

十二月になってしまいました。朱雀院の御賀は十日過ぎと決めて、いろいろの舞の稽古などで、六条の院ではお邸も揺れんばかりの大騒ぎをしています。二条の院の紫の上は、まだ六条の

を、明け暮れもてあそびたてまつりたまふになむ、過ぐる齢のしるし、うれしく思されける。

衛門督を、かかることのをりもまじらはせざらむは、いとはえなくさうざうしかるべき中に、人、あやしとかたぶきぬべきことなれば、参りたまふべきよしありけるを、重くわづらふよし申して参らず。さるは、そこはかと苦しげなる病にもあらざなるを、思ふ心

院にはお帰りにはなりませんけれど、この御賀の予行演習の試楽があるのにお心が惹かれて落ち着いてもいられず、お移りになりました。明石の女御もお里の六条の院においでになります。今度御誕生になられた御子も、また男御子でした。次々たいそう可愛らしい御子がお生れになりますので、源氏の院は明けても暮れても、御子たちのお相手をなさり遊んでおあげになっては、長生きの甲斐があったと、喜んでいらっしゃいます。

柏木の衛門の督を、こうした大切な御催しの時にも参加させないのは、いかにも会が引き立たず、もの足りなく思われるだろうし、人がおかしいと不

のあるにやと心苦しく思して、とりわきて御消息遣はす。

父大臣も、「などか、返さひ申されける。ひがひがしきやうに、院にも聞こしめさむを、おどろおどろしき病にもあらず、助けて参りたまへ」とぞそそのかしたまふに、かく重ねてのたまへれば、苦しと思ふ思ふ参りぬ。

まだ上達部なども集ひたまはぬほどなりけり。例の、け近き御簾の内に入

審に思うにちがいないので、源氏の院から参上なさるようにとお召しがありました。衛門の督は病気が重いということを口実にしてお伺いしません。けれども実は、どこが悪くて苦しいという病気でもなさそうなのに、やはり何か悩んでいるからだろうかと、可哀そうにお思いになって、わざわざお手紙をおやりになります。

父の致仕の大臣も、「どうして御辞退されたのか。源氏の院も、何かすねているようにお取りになるだろうに。大して重病でもないのだから、無理をしてでも参上したほうがいい」とおすすめになっていたところに、こんなに重ねてのお手紙がまいりましたので、

れたまひて、母屋の御簾おろしておはします。

ただ事のさまの、誰も誰も、いと思ひやりなきこそいと罪ゆるしがたけれ、など御目とまれど、さりげなく、いとなつかしく、のたまふ御気色の、うらなきやうなるものから、いといと恥づかしきに、顔の色違ふらむとおぼえて、御答へもとみにえ聞こえず。

柏木「月ごろ、方々に思しなやむ御事

衛門の督は辛さを忍びながら参上したのでした。

六条の院についたのは、まだ上達部なども集まってこない時分でした。今まで通り、お側近い御簾の内へお入れになって、源氏の院はおろされた母屋の御簾の奥から御対面になります。

ただ今度の密通の件については、ふたりのどちらも全く無分別だったのが、どうしても許せないのだ、などとお思いになって、衛門の督の顔を見つめられますが、言葉はさりげなくたいそうやさしく、おっしゃるお顔つきは、何のこだわりもなさそうに見えます。衛門の督のほうは、身の置きどころもないほど恥ずかしい思いで、顔色

うけたまはり嘆きはべりながら、春のころほひより、例もわづらひはべる乱り脚病といふものところせく起こりわづらひはべりて、はかばかしく踏み立つることもはべらず、月ごろに添へて沈みはべりてなむ、内裏などにも参らず、世の中跡絶えたるやうにて籠りはべる。院の御齢足りたまふ年なり、人よりさだかに数へたてまつり仕うまつるべきよし、致仕の大臣思ひおよび

も変わっているにちがいないと感じ、お返事もとっさには出てまいりません。

「幾月もの間、方々に御病人がいらっしゃり御心痛とのお噂を承って、わたくしも蔭ながらお案じ申し上げておりましたが、日頃の持病の脚気が、この春あたりから困惑するほどひどく悪化して、足もしっかり立たなくなってしまいました。月がたつにつれ、衰弱がますますひどく難渋しきっておりましたので、宮中への参上もかなわず、世間ともすっかり交渉を絶ったようにして、邸に引き籠ってばかりおりました。今年は朱雀院のちょうど五十歳におなりあそばす年なので、人よりはこ

申されしを、冠を挂け、車を惜しまず捨ててし身にて、進み仕うまつらむにつく所なし、げに下﨟なりとも、同じごと深きところはべらむ、その心御覧ぜられよ、ともよほし申さるることのはべしかば、重き病をあひ助けてなむ、参りてはべし」と申したまへば

源氏「かの大将ともろともに見入れて、舞の童べの用意、心ばへよく加へたまへ。物の師などいふものは、ただ

とに念を入れて、お年を数えてお祝い申し上げなければならぬと、父の致仕の大臣も考え及んで話しておりましたが、『すでに自分から官職を辞した身分で、人に先んじて御賀に出仕したとしても坐る席もない。官位は低くてもお前はわたしと同様に御賀に対しては深い志を抱いているだろう。その気持を御覧いただくがよい』と、しきりにすすめられましたので、重い病体を無理におして参上したことでした」と申し上げます。

源氏の院は、「どうか夕霧の大将と御一緒に面倒を見て、舞の子供たちの心構えやたしなみをしっかり教えてやって下さい。専門家の師匠というもの

わが立てたることこそあれ、いと口惜しきものなり」など、いとなつかしくのたまひつくるを、うれしきものから苦しくつつましくて、言少なにて、この御前をとく立ちなむと思へば、例のやうにこまやかにもあらでやうやうすべり出でぬ。

東の御殿にて、大将のつくろひ出だしたまふ楽人、舞人の装束のことなど、またまた行ひ加へたまふ。あるべ

は、ただ自分の専門の芸だけはともかく、さっぱり行き届かないものです」など、いかにも親しそうにお頼みになるのは、嬉しいものの、身がすくむように気づまりに感じられて、柏木の衛門の督は言葉少なで、源氏の院の御前から一刻も早く立ち退きたいとばかり思います。いつものように細々とお話もせず、ようやくのことで御前をすべり出たのでした。

東北の町の花散里の御殿で、衛門の督は、夕霧の大将が用意していらっしゃる楽人や舞人の当日の衣裳のことなどについて、さらに新しい意匠をお加えになります。夕霧の大将が出来る限り見事に美しく用意していられた上

き限りいみじく尽くしたまへるに、いとどくはしき心しらひ添ふも、げにこの道はいと深き人にぞものしたまふめる。

今日は、かかる試みの日なれど、御方々もの見たまはむに、見どころなくはあらせじとて、かの御賀の日は、赤き白橡、葡萄染の下襲を着るべし、今日は、青色に蘇芳襲、楽人三十人、今日は白襲を着たり。

に、衛門の督の細心な趣向が加わりますと、さらにいっそうよくなるのを見ましても、衛門の督は、音楽の道にかけては、全く造詣の深い方でいらっしゃるのでした。

今日はこうした試楽の日なので、女君たちも御見物なさいますのに、見栄えがするようにということで、御賀の当日には、赤い白橡の袍に、葡萄染の下襲を着るはずですが、今日は、青色の袍に、蘇芳襲を着て、楽人三十人は白襲を着ました。

暮れゆけば、御簾上げさせたまひて、ものの興まさるに、いとうつくしき御孫の君たちの容貌姿にて、舞のさまも世に見えぬ手を尽くして、御師どももも、おのおの手の限りを教へきこえけるに、深きかどかどしさを加へてめづらかに舞ひたまふを、いづれをもいとらうたしと思す。老いたまへる上達部たちは、みな涙落としたまふ。

主の院、「過ぐる齢にそへては、酔

日暮になれば、御簾を上げさせられて、舞楽の感興がますます高まる上に、お孫たちがほんとうに可愛らしい顔や姿で、舞う手ぶりも世にも珍しい技巧を尽くしています。お師匠たちが、それぞれ自分の技のすべてをお教えした上に、お子たちのすぐれた生来の才能が花開いてすばらしく舞われますので、どのお子をもみんな可愛いと源氏の院はお思いになります。老人の上達部たちは、皆感動して落涙しています。

主人の源氏の院は、「年をとるにつれて、だらしなく酔い泣きするのが止

泣きこそとどめがたきわざなりけれ。衛門督心とどめてほほ笑まるる、いと心恥づかしや。さりとも、いましばしならむ。さかさまに行かぬ年月よ。老は、えのがれぬわざなり」とてうち見やりたまふに、人よりけにまめだち屈じて、まことに心地もいとなやましければ、いみじきことも目もとまらぬ心地する人をしも、さし分きて空酔ひをしつつかくのたまふ。

められないものだ。衛門の督がこんなわたしに注目してにやにや笑っておられるのが全く恥ずかしい。しかし、あなたの若さだって今しばらくのことですよ。決して逆さまに流れてゆかないのが年月というもの。老いはどうしたって人の逃れられない運命なのです」と言って衛門の督を見据えてじっと御覧になります。ほかの人々よりはずっと生真面目に固くなって沈みこんでいて、真実、気分もひどく悪いため、せっかくのすばらしい舞も、目にも入らない気分でいる人を摑まえて、源氏の院はわざと名指しして、酔ったふりをしながら、こんなふうにおっしゃったのです。

戯れのやうなれど、いとど胸つぶれて、盃のめぐり来るも頭いたくおぼゆれば、けしきばかりにて紛らはすを御覧じ咎めて、持たせながらたびたび強ひたまへば、はしたなくて、もてわづらふさま、なべての人に似ずをかし。

心地かき乱りてたへがたければ、まだ事もはてぬにまかでたまひぬるままに、いといたくまどひて、例の、いとおどろおどろしき酔ひにもあらぬを、

冗談のようにも聞こえるのですけれど、衛門の督は、いよいよ胸がはりさけそうに動悸が激しくなり、盃が廻ってきても頭が痛くてたまらないので、飲むふりだけして取りつくろっています。それを源氏の院は見咎められて、無理に盃を持たせながら、度々執拗におすすめになりますので、衛門の督は引っ込みがつかなくて困惑しきっている様子は、ありきたりの人とは格段に違っていて、さすがに優雅に見えます。

心が掻き乱され、苦痛に耐えきれなくなり、衛門の督は、まだ宴も終らないうちに退出してしまいました。そのまま、ひどく苦しみ惑乱してくるの

いかなればかかるならむ、つつましとものを思ひつるに、気ののぼりぬるにや、いとさいふばかり、臆すべき心弱さとはおぼえぬを、言ふかひなくもありけるかな、とみづから思ひ知らる。

しばしの酔ひのまどひにもあらざりけり。やがて、いといたくわづらひたまふ。大臣、母北の方思し騒ぎて、よそよそにていとおぼつかなしとて、殿

で、「いつものように恐ろしく悪酔いしたというのでもないのに、どうしてこんなに苦しいのか。あのことを苦にして、気が咎めていたので、のぼせてしまったのだろうか。自分ではそんなに怖気づくほどの気弱さだとは思っていなかったのに、何という不甲斐ないことだったか」と、我ながら意気地ないと自覚するのでした。

それは、一時の悪酔いのための苦しさではなかったのです。衛門の督はそのまま重い病気になって寝ついてしまいました。父大臣や母北の方が驚き騒いで、別に暮していたのでは、とても心配で心もとないと、御自分たちのお邸にお移しになりました。北の方の女

に渡したてまつりたまふを、女宮の思したるさま、またいと心苦し。

さる時の有職のかくものしたまへば、世の中惜しみあたらしがりて、御とぶらひに参りたまはぬ人なし。内裏よりも、院よりも、御とぶらひしばしば聞こえつつ、いみじく惜しみ思しめしたるにも、いとどしき親たちの御心のみまどふ。

六条院にも、いと口惜しきわざな

二の宮が、どんなにお悲しみになられたことか、その御様子もほんとうにおいたわしいことでした。

柏木の衛門の督のような、当世有数の学識豊かな人物が、こんなふうに重態になられましたので、世間では惜しんで残念がりお見舞いに参上しない人もありません。帝からも朱雀院からも、度々お見舞いの御使者がみえて、非常にお惜しみになって、お案じあそばしていらっしゃるにつけても、いよいよ御両親の悲しみは深まり、お心も迷い乱れるばかりなのでした。

源氏の院も、全く残念なことになったとお驚きになって、度々丁重にお見舞いのお手紙を御病人のみならず、父

りと思しおどろきて、御とぶらひに、たびたび、ねむごろに父大臣にも聞こえたまふ。大将は、ましていとよき御仲なれば、け近くものしたまひつつ、いみじく嘆き歩きたまふ。

御賀は、二十五日になりにけり。かかる時のやむごとなき上達部の重くわづらひたまふに、親はらから、あまたの人々、さる高き御仲らひの嘆きしをれたまへるころほひにて、ものすさま

大臣にもさし上げます。夕霧の大将は、どなたにもまして、とても睦まじいお間柄でしたので、親しく御病床までお見舞いになられては、身の置きどころもなく悲しみにくれて落ち着かないのでした。

朱雀院の御賀は、十二月二十五日と決まりました。当世きってのすばらしい上達部の柏木の衛門の督が重病で、その親兄弟や、大勢の人々、そうした高貴の御一族の方々が憂いに閉ざされている時なので、何か盛り上がらない気もするのですけれど、これまで次々に何かと延引してきただけでも朱雀院に申しわけないことでしたので、今更中止にするわけにもいかないことです

じきやうなれど、次々にとどこほりつることだにあるを、さてやむまじきことなれば、いかでかは思しとどまらむ。女宮の御心の中をぞ、いとほしく思ひきこえさせたまふ。例の五十寺の御誦経、また、かのおはします御寺にも摩訶毘盧遮那の。

から、源氏の院はどうしてこの御賀をお取りやめになれましょうか。御賀をお務めなさる女三の宮の、重病の衛門の督へのお気持も思いやられて、源氏の院はおいたわしくお感じになっていらっしゃいます。

しきたり通り、五十の寺々での御誦経や、また朱雀院のおいであそばす西山の御寺でも、摩訶毘盧遮那の御供養の御誦経があげられました。

冒頭から女三の宮への道ならぬ恋に狂いはじめる柏木の異様な行動が描写される。前帖に、柏木は、かなえられぬ恋に懊悩し、あの蹴鞠の黄昏時、女三の宮の座敷から走り出た小猫を招き寄せ抱きしめ、その猫のいい匂いに、女三の宮の移り香をしのぶという場面があった。その猫を何とかして手に入れようと、いろいろ策略をめぐらし、東宮を介してその猫を借り受け、溺愛する。猫を女三の宮に見立てて抱いて寝て、愛玩する柏木の態度は、異様でもあり、滑稽でもある。

四年の歳月が流れ、この間は何も書かれていない。源氏四十六歳の年、在位十八年の冷泉帝は、東宮に譲位し、明石の女御の第一皇子が東宮になった。太政大臣は辞任して致仕に、鬚黒は右大臣兼関白に、夕霧は大納言兼左大将にそれぞれ昇進した。

紫の上と源氏の夫婦仲は益々緊密で水も洩らさぬように見えるが、紫の上はこの頃しきりに出家の希望を源氏に訴えるようになる。源氏はもってのほかと言って許さない。その年十月、源氏は紫の上や明石の女御たちと住吉神社に盛大な願果たしの参詣をする。

朱雀院は女三の宮としきりに逢いたがっているので、源氏は院の五十の賀宴を計画する。二月に予定した賀宴に先だって、源氏は六条の院の女君たちを集めて女楽を催した。華麗な催しの後、源氏は紫の上と来し方の思い出をしみじみ語りあう。源氏は紫の上を並はずれた幸運な人だと言う。過去の女たちの性質や魅力や欠点をこまごまと話し、その中で紫の上は最も理想の女性だと称(たた)える。
　しかしその直後、女三の宮のところへ泊りに行く。その夜中から紫の上は発病し、重病で回復の見込みも立たず、朱雀院の賀宴は流れてしまう。源氏は紫の上を二条の院へ移し養生(ようじょう)させる。源氏はつきっきりで看病し、女三の宮のほうへはぷっつりと行かなくなり、六条の院は火の消えたようになる。

　柏木は中納言に昇進していた。女三の宮の異腹の姉にあたる女二の宮と結婚していたが、相変らず女三の宮への執着が断ち切れず、女二の宮は人柄もよく、容姿も普通の人に比べると、はるかにいいのに、更衣腹(こういばら)ということで、世間と同じようにどこか軽く見て、落葉(おちば)にたとえた歌を詠(よ)んだりする。源氏が二条の院に行きっきりなので、六条の院は人が手薄で絶好の機会だと思い、小侍従を呼び出しては、手引きをするようにせがんでいた。

　ようやくある日、小侍従から便りが来て、柏木は喜んで六条の院へ出かけて行った。

　女三の宮はぐっすり眠っていたが、ふと気づくと、傍に男がいるので、てっきり源氏が帰って来たのだと思いこんでいた。それがとんでもない別の男だとわかり、気も動転したが、どうするすべもなかった。柏木は目の当たりに見る、恐ろしさにわなわな震えている女三の宮の上品で可憐な姿に、理性も消し飛んでしまい、ついに女三の宮を犯してしまった。

その後、柏木は長い恋の思いをとげたものの、かえって自分のしでかしたことのぞっとするような恐ろしさに脅えて、ノイローゼになり父の邸から一歩も出られなくなってしまう。女三の宮も、あれ以来、恐ろしさに顔もあげられない気持で、病人のようになっている。

源氏は女三の宮が病気と聞いて捨ててもおけず、久々に六条の院に帰る。その夜、紫の上が息を引きとったという急使が駆けつけ、源氏は気も動転して二条の院へとって返す。もしかしたら、物の怪のせいかもしれないと、懸命に加持をさせると、息を吹きかえした。出家したがっていた紫の上に、源氏はようやく五戒だけを受けさせる。そうすることで、少しは恢復するかという思いがこめられていた。命はかろうじて取りとめたが紫の上の容体は、その後一進一退で気が許せない。

一方、女三の宮は、柏木がその後もしのんで来るのを拒みきれず、薄氷を踏むような逢瀬を強いられていた。女三の宮としては、無体な男がただうとましいだけであった。

しかし何という宿世（すくせ）の因縁（いんねん）か、女三の宮は柏木の子を懐妊する。

夏の末、紫の上が小康（しょうこう）を得た隙を見て、久々に源氏は六条の院の女三の宮を見舞う。女房から懐妊だと告げられ、長年どの女君にもそうしたことがなかったのにと、源氏は不思議に思い、思い違いではないかと、むしろ信じられない。

柏木は源氏が六条の院に滞在しているのにやきもきして、嫉妬の逆恨みをめんめんと書いた手紙を、小侍従に届ける。小侍従からその柏木の手紙を無理に見せられていたところへ、源氏が来たので、女三の宮はあわてて茵（しとね）の下へ手紙を押しこんで隠す。その日、紫の上のところに帰るつもりだった源氏は、いつになく可憐な引きとめ方をする女三の宮がいじらしくなって、つい、また一晩泊ってしまう。翌朝、早く二条の院へ帰ろうとした源氏は、見失った扇をさがしていて、茵の下に隠されたままになっていた柏木の手紙を発見する。源氏はあまりにあからさまなその手紙の文章によって、すべてを識（し）ってしまった。

不審に感じた妊娠も、不義の結果のあらわれで、子は柏木の胤（たね）だと判明する。自尊心を傷つけられ、源氏はふたりの裏切りに対し、どうしようもない憤りを感じるが、ふと、昔、自分と藤壺の不義を、父桐壺帝は、実はすべてを知っていて、知らないふりをしてくれていたのではないかと思い当り、慚愧の念に耐えられなくなる。

柏木は小侍従から、事の露見したことを聞き、あまりのことに驚愕する。あれほどれっきとした証拠の手紙を源氏に握られては、言い逃れも出来ないと、恐ろしさに身の凍る思いがする。三人三様が苦しみを抱えて途方にくれるばかりであった。

その頃、朧月夜の君が突然出家した。事前に何の相談も受けなかった源氏は驚いたが、法衣や調度類など、尼僧の生活にふさわしいものを調達して贈った。こんなところにも源氏の魅力があるのだろう。

延びに延びた朱雀院の五十の賀宴は、十二月の十余日と決められた。その試楽の夜、源氏は柏木も参加するように無理に誘う。柏木は重く病み患っていると辞退するが、父の致仕の大臣のすすめもあり、たっての誘いに負けて出席する。源氏は久々に見る柏木の憔悴の仕方に内心驚くが、表面はさり気なくやさしく装って応対する。源氏がやさしく声をかければかけるほど柏木は居たたまれなくなる。

その夜、宴席で柏木は源氏から嫌味な皮肉を言われ、名指しでからまれ、盃を無理強いされる。源氏の一睨みの目の意地悪さと冷たさに、柏木はすっかり怖気づき、悪酔いしたようになりそそくさと引き上げる。その夜から病気は重態になり枕も上がらなくなった。

心配した両親の邸に引き取られて養生することになり、女二の宮とは辛い別れをする。大臣の邸に帰っても柏木の病状は重くなるばかりで、蜜柑さえ口に出来ない。人々に敬愛されていた柏木の重態を惜しみ、見舞いが引きもきらない。親友の夕霧は病床近く見舞ってはおろおろしている。

こうして朱雀院の賀宴は、柏木欠席のまま、その年の暮も押し迫った十二月二十五日にようやく催された。「若菜下」はこうした陰鬱な空気の中で幕を下ろす。

柏木

衛門督の君、かくのみなやみわたりたまふこと、なほおこたらで、年も返りぬ。大臣、北の方思し嘆くさまを見たてまつるに、強ひてかけ離れなむ命かひなく、罪重かるべきことを思ふ心は心として、また、あながちにこの世に離れがたく惜しみとどめまほしき身

光源氏（四十八歳）

柏木の衛門の督は、こうしてずっと同じような御病状で、一向に快方に向かわれないまま、新しい年を迎えました。

父の致仕の大臣と母北の方が悲嘆にくれていらっしゃる御様子を拝見するにつけ、「何が何でも死んでしまいたいと自分から死を覚悟していたものの、その甲斐もなく、やはり親に先立つ罪の重さを考えて、申しわけないと迷う心はともかくとして、また考えてみれ

かは、いはけなかりしほどより、思ふ心ことにて、何ごとをも人にいま一際まさらむと、公私のことにふれて、なのめならず思ひのぼりしかど、その心かなひがたかりけりと、一つ二つのふしごとに、身を思ひおとしてしこなた、なべての世の中すさまじう思ひなりて、後の世の行ひに本意深くすすみにしを、親たちの御恨みを思ひて、野山にもあくがれむ道の重き絆な

ば、必ずしもこの世に未練があって、どんな無理をしても生きつづけたいほどの自分だろうか。

幼い時から、人とは違った高い理想を抱いて、何事につけても、人よりは一段、まさりたいと、公私につけて並々ならず自負してきた。しかし、一度、二度と蹉跌を重ねるうち、そんな望みはなま易しくは叶わないのだと、思い知らされ、その度毎に、次第に自信を失ってきた。それ以来、この世間がすべて味気なくなり、来世を願う仏道修行に、心が深く傾いていったが、自分が出家した後の両親の嘆きを推察すると、俗世を捨て、野山にさすらい仏道修行する場合に、両親の嘆きが強

るべくおぼえしかば、とざまかうざまに紛らはしつつ過ぐしつるを、つひに、なほ世に立ちまふべくもおぼえぬもの思ひの、一方ならず身に添ひにたるは、我より外に誰かはつらき、心づからもてそこなひつるにこそあめれ、と思ふに、恨むべき人もなし。

　神仏をもかこたむ方なきは、これみなさるべきにこそはあらめ、誰も千歳の松ならぬ世は、つひにとまるべきに

い障りになるにちがいないと考えた。それで、その後は何かと自分の出離の気持を紛らしながら、とうとう出家も果たさず過ぎて来たのだ。しかし結局、この世間と立ち交じっていけそうもない心の悩みが、さまざまに自分に取り憑いてしまった。それもみな自業自得で、自分のほかに誰を恨むことが出来ようか。すべては自分の至らない料簡から過ちを犯してしまったことだと思えば、恨む人もない。

　神仏にも訴えようがないのは、これ皆前世からの因縁というものなのだろう。誰だって千年の松の寿命を保てないこの世では、結局いつまでも生きとどまっていられることはないのだ。そ

もあらぬを、かく人にもすこしうち偲ばれぬべきほどにて、なげのあはれをもかけたまふ人あらむをこそは、一つ思ひに燃えぬるしるしにはせめ、せめてながらへば、おのづから、あるまじき名をも立ち、我も人も安からぬ乱れ出で来るやうもあらむよりは、なめしと心おいたまふらんあたりにも、さりとも思しゆるいてむかし、よろづのこと、いまはのとぢめには、みな消えぬ

れならあの方にもこうして少しは思い出していただける間に死んでしまい、ほんのかりそめの憐れみにせよ、かけて下さるお方がいらっしゃるのを、せめて、ひたむきに燃えつきたわが恋の証しとしよう。この上、強いて生き長らえていたら、自然忌まわしい浮き名も立ち、自分にもあのお方にも容易でない厄介な煩悶が発生するようになるだろう。それよりは、自分が死んでしまえば、不届き者めと、お怒りになっていらっしゃる源氏の院にしても、自分の死に免じてともかく許して下さるにちがいない。何事もすべては人の命の最後の時に一切消えてしまうものなのだ。また自分には女三の宮との件以

べきわざなり、また異ざまの過ちしなければ、年ごろものをりふしごとには、まつはしならひたまひにし方のあはれも出で来なん、など、つれづれに思ひつづくるも、うち返しいとあぢきなし。

などかく、ほどもなくしなしつる身ならむ、とかきくらし思ひ乱れて、枕も浮きぬばかり人やりならず流し添へつつ、いささか隙ありとて人々立ち去

外には、源氏の院に対して何の過ちもないのだから、これまでの年月何か事あるごとに親しくお側に呼び寄せて下さった、そうした点からでも、死んでしまったら可哀そうな者よと、憐れみのお気持がよみがえって下さるのではないだろうか」などと、所在ない暇々に、次から次へと思いつづけてみるものの、考えれば考えるほど、全く情けない思いでした。

なぜこんなふうに、明日をも知れぬ命にしてしまったのだろうかと思い乱れて、心も闇にしています。枕も浮きそうなほどの涙を、誰のせいでもなくすべては自分の招いた結果だからと、ますます流しつづけるばかりでした。

りたまへ(え)るほどに、かしこに御文奉(おんふみたてまつ)れたまふ(う)。

女三の宮「我(われ)も、今日(きょう)か明日(あす)かの心地(ここち)してもの心細(こころぼそ)ければ、おほ(お)かたのあは(わ)ればかりは思(おも)ひ(い)知(し)らるれど、いと心憂(こころう)きことと思(おも)ひ(い)懲(こ)りにしかば、いみじう(じゅう)なむつつましき」とて、さらに書(か)いたまは(わ)ず。されど御硯(おんすずり)などまかなひ(い)て責(せ)めきこゆれば、しぶしぶに書(か)いたまふ(う)。とりて、忍(しの)びて、宵(よい)の紛(まぎ)れにかし

少しは御気分も落ち着かれたようだと、看護の人々がお側から離れていかれたすきに、女三の宮にお手紙をお書きになります。

女三の宮は、「わたしだって、今日死ぬか明日死ぬかと思われて何となく心細いのだから、そんなにあの人の病気が重いと聞けば、一通りの気の毒さくらいは感じるけれど、あの人とのことは、つくづく情けないことと、懲り懲りしてしまったので、とても返事をあげる気にはなれない」とおっしゃって、どうしてもお書きになりません。けれども、小侍従(こじじゅう)がお硯(すずり)などの御用意をして、無理に御催促(さいそく)しますと、渋々お返事をお書きになられました。小侍

こに参りぬ。

大臣は、かしこき行者、葛城山より請じ出でたる、待ちうけたまひて、加持まゐらせむとしたまふ。御修法、読経などもいとおどろおどろしう騒ぎたり。

宮も、ものをのみ恥づかしうつつましと思したるさまを語る。

柏木「今さらに、この御事よ、かけても聞こえじ。この世は、かう、はかな

従はそのお手紙を持ってこっそりと、宵闇にまぎれて、衛門の督のところに参りました。

父大臣は、験のある行者を葛城山から招き迎えたのを待ち受けられて、加持祈禱をさせようとなさっています。御修法、読経なども、たいそう仰々しく騒ぎ立てています。

小侍従は、女三の宮も何かにつけてただもう後ろめたく肩身のせまい思いで、遠慮がちにしていらっしゃる御様子を衛門の督にお話しするのでした。

「もう今となっては、女三の宮の御事は、決して一言も口にはすまい。あの方との恋はこんなにはかなく過ぎてしまったけれど、この宮への妄執が未来

くて過ぎぬるを、長き世の絆にもこそと思ふなむいといとほしき。心苦しき御事を、たひらかにとだにいかで聞きおいたてまつらむ。見し夢を心ひとつに思ひあはせて、また語る人もなきが、いみじういぶせくもあるかな」など、とり集め思ひしみたまへるさまの深きを、かつはいとうたて恐ろしう思へど、あはれ、はた、え忍ばず、この人もいみじう泣く。

永劫、成仏の障りになるかもしれないと思うと、全く情けないことだ。気がかりな御懐妊が無事に御安産だったと、せめてお聞きしてからあの世に行きたいものだ。あのときわたしの見た夢を、自分の心の中だけで、やはり御懐妊のことだったのかと思い当たっていながらほかに打ち明ける人もないのが、たまらなく切なくて胸がふさがる」など、いろいろなことを取り集めひどく思いつめていらっしゃる愛執の深さを、小侍従は一方ではおぞましく恐ろしいようにも思うけれど、それはそれでさすがにお気の毒さがこみあげてこらえきれず、御一緒にひどく泣いてしまうのでした。

御ありさまを乳母も語りていみじく泣きまどふ。大臣などの思したる気色ぞいみじきや。致仕の大臣「昨日今日すこしよろしかりつるを、などかいと弱げには見えたまふ」と騒ぎたまふ。柏木「何か。なほとまりはべるまじきなめり」と聞こえたまひて、みづからも泣いたまふ。

宮はこの暮つ方より、なやましうしたまひけるを、その御けしきと見たて

伯母の乳母も御容態を小侍従に話して、たいそう泣きながら心を取り乱しています。父大臣などの御心痛の御様子のいたましさは、言うもおろかです。「昨日今日、多少はいいように見えたのに、どうしてまた、こんなにひどく弱ってしまわれたのだろう」とお騒ぎになります。御病人は、「いいえ、やはりもう生きられないのでしょう」と申し上げて、御自分もお泣きになるのでした。

女三の宮は、この日の夕暮頃からお苦しみになられたのを、産気づかれたのだと気がついた女房たちが大騒ぎして、源氏の院にも申し上げましたので驚いてこちらへいらっしゃいました。

まつり知りたる人々騒ぎ満ちて、大殿にも聞こえたりければ、驚きて渡りたまへり。御心の中は、あな口惜しや、思ひまずる方なくて見たてまつらましかば、めづらしくうれしからまし、と思せど、人にはけしき漏らさじと思せば、験者など召し、御修法はいつとなく不断にせらるれば、僧どもの中に験あるかぎりみな参りて、加持まゐり騒ぐ。

お心のうちでは、「ああ、残念なことだ。何の疑念もさしはさむことなくこのお産に立ちあえるのなら、どんなに珍しくて嬉しいだろうに」とお考えになりますけれど、人にはそんなそぶりも悟られまいとお思いになりますので、修験者などをお呼びになり、御祈禱はいつ絶えるということもなく休みなくおさせになります。僧たちの中で法力の効験のある者は残らず集まって、加持祈禱に大騒ぎしています。

夜一夜なやみ明かさせたまひて、日さし上がるほどに生まれたまひぬ。男君と聞きたまふに、かく忍びたることの、あやにくにいちじるき顔つきにて、さし出でたまへらんこそ苦しかるべけれ、女こそ、何となく紛れ、あまたの人の見るものならねば安けれ、と思すに、また、かく心苦しき疑ひまじりたるにては、心やすき方にものしたまふもいとよしかし、さてもあやし

その夜は一晩中陣痛にお苦しみのまま朝を迎えられ、朝日がさし昇る頃に御子がお生れになりました。男君だとお聞きになるにつけても、源氏の院は、「こうしてあの件は秘密にしているのに、男の子ならあいにくあの男と生き写しの顔で生れていたとすれば困ったものだ。女の子なら、何かとごまかせて、多くの人に顔を見られることもないから安心なのに」とお思いになる一方、「しかしまた、こんなに辛く気がかりな疑いのつきまとう子なら、世話のかからない男の子が生れて実際よかったのかもしれない。それにつけても不思議なことだ。今度のことは、自分の生涯を通じて恐ろしく思ってき

や、わが世とともに恐ろしと思ひし事の報いなめり、この世にて、かく思ひかけぬことにむかはりぬれば、後の世の罪もすこし軽みなんや、と思す。人、はた、知らぬことなれば、かく心ことなる御腹にて、末に出でおはしたる御おぼえいみじかりなんと、思ひ営み仕うまつる。

宮は、さばかりひはづなる御さまにて、いとむくつけう、ならはぬことの

た秘密の罪業の報いなのだろう。この現世でこうした思いがけない報いに出合ったので、後の世で受ける罪も少しは軽くなるかもしれない」と、お思いになります。

周囲の人々はそんな事情は全く知らないことですから、このようにとりわけ高貴なお方から、しかも晩年になって、男君がお生れになったため、若君への御寵愛は、格別すばらしいにちがいないと、心をこめてお仕え申し上げます。

女三の宮はあれほど華奢で弱々しいお身体で、はじめてのお産をなさいましたので、ほんとうに気持の悪い恐ろしい御経験をなさったとお思いです。

恐ろしう思されけるに、御湯なども聞こしめさず、身の心憂きことをかかるにつけても思し入れば、さはれ、このついでにも死なばやと思す。

大殿は、いとよう人目を飾り思せど、まだむつかしげにおはするなどを、とりわきても見たてまつりたまはずなどあれば、老いしらへる人などは、「いでや、おろそかにもおはしますかな。めづらしうさし出でたまへる

お薬湯なども召しあがりません。こうした折になおさらお身の上の不仕合わせなことをつくづく思い知らされ、いっそのこと、お産のついでに死んでしまいたいものとお考えになります。

源氏の院は、たいそう上手に人前をつくろっていらっしゃいますが、まだ生れたばかりの扱いにくいような有り様の若君のことも、格別見ようともなさらないので、年老いた女房などは、「はてまあ、何と冷たい御態度ですこと、ずいぶん久しぶりで珍しくお生れになった若君の御様子が、こんなに恐ろしいほどお美しいのに」といとしがって申し上げるのを、女三の宮は小耳にはさまれて、もうこれからは、きっ

御ありさまの、かばかりゆゆしきまでにおはしますを」とうつくしみきこゆれば、片耳に聞きたまひて、さのみこそは思し隔つることもまさらめと恨めしう、わが身つらくて、尼にもなりなばやの御心つきぬ。

山の帝は、めづらしき御事、たひらかなりと聞こしめして、あはれにゆかしう思ほすに、かくなやみたまふよしのみあれば、いかにものしたまふべき

とこんなふうにだんだん冷たくよそよそしくされていくのだろうと、源氏の院が恨めしく、わが身も情けなく、尼にでもなってしまいたいというお気持が生れました。

山の朱雀院は、女三の宮のお産が御無事に終ったとお聞きあそばして、しみじみいとしく、なつかしく、早くお会いしたいとお思いになりましたが、引きつづいてずっと御病気だということばかりが伝えられますので、どうな

にかと、御行ひも乱れて思しけり。いとたへがたう悲しと思して、あるまじきこととは思しめしながら、夜に隠れて出でさせたまへり。

かねてさる御消息もなくて、にはかにかく渡りおはしまいたれば、主の院驚きかしこまりきこえたまふ。

朱雀院「世の中を、かへり見すまじう思ひはべりしかど、なほ、まどひさめがたきものはこの道の闇になむはべり

られることだろうかと、お勤めも怠りがちに御心配ばかりしていらっしゃいます。朱雀院は、ほんとうに耐えがたいほど悲しくお思いになって、出家の身としてはあるまじきことと思し召しながら、夜陰にまぎれて山をお下りになりました。

前もってそういうお報せもなくて、いきなり朱雀院がこのようにお越しになりましたので、源氏の院は驚いて、恐縮して御挨拶を申し上げます。

朱雀院は、「俗世のことは一切顧みまいと決心していたのですが、やはり思いきれず迷いの覚めないのは、子を思う親の心の闇でした。そのため勤行も怠りがちになっています。もしも親

ければ、行ひも懈怠して、もし後れ先だつ道の道理のままならで別れなば、やがてこの恨みもやかたみに残らむとあぢきなさに、この世の譏りをば知らで、かくものしはべる」と聞こえたまふ。

源氏「かたはらいたき御座なれども」とて、御帳の前に、御茵まゐりて入れたてまつりたまふ。宮をも、とかう人々つくろひきこえて、床の下におろ

子の順が逆になって、女三の宮に先立たれでもしたら、そのまま逢わずに過した恨みがお互いに残るのではないかと、それが情けなくて、この世で受ける非難も考えずに、こうして出かけてまいりました」と仰せになります。

「まことに失礼なお席ではございますけれど」と、女三の宮の御帳台の前に、御敷物を整えて、朱雀院をお通し申し上げました。女三の宮も、女房たちが何かと身づくろいのお手伝いをして、御帳台の下にお下ろし申し上げます。

朱雀院は御帳台の前の御几帳を、少しわきへ押しのけられて、「こうしていると、夜居の加持僧のような感じで

したてまつる。
御几帳すこし押しやらせたまひて、
朱雀院「夜居加持僧などの心地すれど、まだ験つくばかりの行ひにもあらねばかたはらいたけれど、ただ、おぼつかなくおぼえたまふらむさまを、さながら見たまふべきなり」とて、御目おし拭はせたまふ。
女三の宮 宮も、いと弱げに泣いたまひて、「生くべうもおぼえはべらぬ

すが、まだわたしは効験が身につくほどの修行も積んでいないので、不体裁で恥ずかしい。さあ、どうしても会いたがっていらっしゃったわたしの姿を、目のあたりに、しっかり御覧になるがいい」と仰せになって、お眼をお拭っていらっしゃいます。

女三の宮も、いかにも弱々しそうにお泣きになりながら、「とてももう、わたしは生きられそうにも思われませんので、こうしてお越しいただきましたついでに、尼にして下さいませ」と申し上げます。

を、かくおはしまいたるついでに、尼になさせたまひてよ」と聞こえたまふ。

御心の中、限りなううしろやすく譲りおきし御事を承けとりたまひて、さしも心ざし深からず、わが思ふやうにはあらぬ御気色を、事にふれつつ、年ごろ聞こしめし思しつめけること、色に出でて恨みきこえたまふべきにもあらねば、世の人の思ひ言ふらむところ

朱雀院のお心の内では、「この上もなく安心なお方と思って、女三の宮の御生涯をお任せしたのに、それを引き受けておきながら、それほど深い御寵愛もそそがれず、こちらが思うほどではなかった御待遇のことを、何かにつけて、この数年噂に聞いてきた。心中そのことを深く恨みに思ったことを、顔色に出して言うべきでもないので、ずっとこらえてきた。世間でこのふたりのことをどう想像し噂しているかと思うのさえ残念なことと思いつづけていたのに、こういう機会に出家してしまったら、それほど外聞悪く人のもの笑いにもならず、冷たい夫婦仲を怨んでの出家のようではなくて、それもい

も口惜しう思しわたるに、かかるをりにもて離れなむも、何かは、人笑へに世を恨みたるけしきならで、さもあらざらむ、おほかたの後見には、なほ頼まれぬべき御おきてなるを、ただ預けおきたてまつりししるしには思ひなして、憎げに背くさまにはあらずとも、御処分に、広くおもしろき宮賜りたまへるを繕ひて住ませたてまつらむ、わがおはします世に、さる方にても、う

いかもしれない。源氏の院は、一通りの世話は今後ともしてくれるつもりらしいから、それだけでも女三の宮をお預けした甲斐はあったのだと強いてあきらめるようにして、面あてがましく源氏の院から別居したという形ではなく、遺産として故桐壺院から広く趣のある立派な御殿をいただいていたのを手入れして、そこに女三の宮を住まわせよう。自分の存命中に尼の暮しでも、心配なく過せるようにしておきたい。また源氏の院にしても、そうは言っても、よもやあんまり疎略には、お見捨てになることもあるまい。そうしたお気持をも見届けよう」と、考えぬかれた果てに御決心あそばして、「そ

しろめたからず聞きおき、またかの大殿も、さ言ふとも、いとおろかにはよも思ひ放ちたまはじ、その心ばへをも見はてむ、と思ほしとりて、

朱雀院「さらば、かくものしたるついでに、忌むこと受けたまはむをだに結縁にせむかし」とのたまはす。

　帰り入らむに、道も昼ははしたなかるべしと急がせたまひて、御祈禱にさぶらふ中に、やむごとなう尊きかぎり

れでは、こうして出かけてきたついでに、せめて出家の受戒だけでもなさいまして、仏縁を結ぶことにしましょう」と仰せになります。

　朱雀院はお山にお帰りになるのに昼は人目に立って具合が悪かろうと、授戒のことをお急ぎになって、御病気の御祈禱に参上していた僧の中から、位の高い有徳の僧ばかりをお召し入れて、女三の宮の御落飾をおさせになります。今を盛りの目にもまぶしい美しい御髪を削ぎ捨てて、五戒をお受けになる作法が、あまりにも悲しく残念に思われるので、源氏の院はとてもたまらなくて、激しくお泣きになります。

召し入れて、御髪おろさせたまふ。いと盛りにきよらなる御髪をそぎ捨てて、忌むこと受けたまふ作法悲しう口惜しければ、大殿はえ忍びあへたまはず、いみじう泣いたまふ。

かの衛門督は、かかる御事を聞きたまふに、いとど消え入るやうにしたまひて、むげに頼む方少なうなりたまひにたり。

女宮のあはれにおぼえたまへば、こ

あの柏木の衛門の督は、女三の宮の御出産や御出家のことをお聞きになりますと、いよいよ今にも消え入るようにご容態がお悪くなられて、もう全く回復の望みもおぼつかなくなってしまわれました。

北の方の女二の宮のことをお可哀そうにお思いになり、今更こちらにお越しいただくのは、宮の御身分柄軽々しいと世間に思われるだろうし、母北の方も父大臣も、こうぴったり付き切りでいらっしゃるので、自然に何かの折にうっかりして女二の宮のお姿をお見かけするようなことでもあっては、具合の悪いことだとお考えになって、

「一条のお邸にどんなにしてでも、も

こに渡りたまはむことは、今さらに軽々しきやうにもあらむを、上も大臣も、かくつと添ひおはすれば、おのづからとりはづして、見たてまつりたまふやうもあらむにあぢきなしと思して、柏木「かの宮に、とかくしていま一たび参でむ」とのたまふを、さらにゆるしきこえたまはず。誰にも、この宮の御事を聞こえつけたまふ。

大将の君、常にいと深う思ひ嘆きと

う一度行きたいのです」とおっしゃるのですが、御両親は絶対お許しになりません。それで衛門の督は誰彼なしに、自分の死後の女二の宮のことをお頼みになります。

夕霧の大将は柏木の衛門の督の御病気を深く悲しまれ、始終、お見舞い

ぶらひきこえたまふ。今年となりては、起き上がることもをさをさしたまはねば、重々しき御さまに、乱れながらはえ対面したまはで、思ひつつ弱りぬることと思ふに口惜しければ、

柏木「なほこなたに入らせたまへ。いとらうがはしきさまにはべる罪は、おのづから思しゆるされなむ」とて、臥したまへる枕上の方に、僧などしばし出だしたまひて、入れたてまつりたま

していらっしゃいます。今年に入ってからは、衛門の督はほとんど起き上がることもお出来にならないのですが、近衛の大将という重々しい御身分のお方に対して、取り乱した無作法な姿のままお逢いすることも出来ません。それでもお逢いしたいと思いながらこのまま死んでいくのかと思いますと、いかにも残念でならず、「やはり、どうぞこちらにお入り下さい。ひどく取り乱した病床の姿で、失礼の罪は、お許し下さるかと思いまして」と言って、加持の僧などは、しばらく席を外させて、お寝みになっていらっしゃる枕元に、夕霧の大将をお通し申されました。

ふ。

早うより、いささか隔てたまふことなう睦びかはしたまふ御仲なれば、別れむことの悲しう恋しかるべき嘆き、親はらからの御思ひにも劣らず。

柏木「心には、重くなるけぢめもおぼえはべらず。そこ所と苦しきこともなければ、たちまちにかうも思ひたまへざりしほどに、月日も経で弱りはべりにければ、今はうつし心も失せたるや

昔から、少しの隔てもなく仲良くお付き合いしてこられた親友の間柄なので、臨終の別れの悲しさ恋しさは、親兄弟のお心持ちにも劣りません。

　柏木の衛門の督は、「自分でも、どうしてこんなに重くなったのかさっぱりわからないのです。どこといって苦しいこともなかったので、まさか急にこんなふうに悪くなろうとは思ってもいないうちに、あまり日数もたたず、こんなに衰弱してしまって、今ではもう、生きている心地もないようになりました。

　実は源氏の院との間にちょっとした行き違いがありまして、この幾月かずっと心中密かにお詫び申し上げていた

うになん。

六条院にいささかなる事の違ひ目ありて、月ごろ、心の中に、かしこまり申すことなむはべりしを、いと本意なう、世の中心細う思ひなりて、病づきぬとおぼえはべしに、召しありて、院の御賀の楽所の試みの日参りて、御気色を賜りしに、なほゆるされぬ御心ばへあるさまに御目尻を見たてまつりはべりて、いとど世にながらへ

のですが、わたしとしてはそれがほんとうに残念で、この世に生きていくのも心細くなって、それが原因で病みついてしまったと思われます。そのうち源氏の院からお呼び出しがございまして、朱雀院の御賀の試楽の日に、六条の院に参上して、御機嫌をお伺いいたしました。その際に、やはりまだお許し下さってはいないらしい、鋭いお目つきでわたしを刺すように御覧になられましたので、ますますこの世に生きていくことにも遠慮が多く消極的になってしまい、何もかも味気なくなってしまいました。その時以来、心が惑乱しはじめて、あげくの果て、こんなふうにどうにも静まらなくなってしまっ

むことも憚り多うおぼえなりはべりて、あぢきなう思ひたまへしに心の騒ぎそめて、かく静まらずなりぬるになむ。

人数には思し入れざりけめど、いはけなうはべし時より、深く頼み申す心のはべりしを、いかなる讒言などのありけるにかと、これなむこの世の愁へにて残りはべるべければ、論なう、かの後の世の妨げにもやと思ひたまふる

たのです。

源氏の院は、わたしのことなど人の数にも入れて下さらなかったのでしょうが、わたしのほうは幼い頃から、深くお頼りする気持がありましたのに、どうやら、何か中傷でもされたのかと思います。これだけが、死んでも、この世に怨みとして残るだろうと思いますので、それがきっとわたしの後生の妨げにもなるでしょう。そんなわけで、どうかこのことをお忘れにならず、何かのついでの折に、源氏の院によしなに釈明しておいて下さい。わたしの死後にでも、このお咎めが許されましたなら、あなたの御恩と感謝申し上げましょう」と話されるうちに、ま

を、事のついではべらば、御耳とどめて、よろしう明らめ申させたまへ。亡からむ後にも、この勘事ゆるされたらむなむ、御徳にはべるべき」などのたまふままに、いと苦しげにのみ見えまされば、いみじうて、心の中に思ひあはすることどもあれど、さしてたしかにはえしも推しはからず。

柏木「一条にものしたまふ宮、事にふれてとぶらひきこえたまへ。心苦しき

すますお苦しそうな御様子がひどくなりましたので、夕霧の大将はたまらなく悲しくなりました。心のうちに、もしかしたらと、あれこれ思い当たることなどもあるにはありましたけれど、はっきりしたことは、推量しかねていらっしゃいます。

「また、一条においでになる女二の宮を、何かにつけて見舞ってあげて下さい。お気の毒な御様子を、山の朱雀院などがお聞きになられて御心配なさるでしょうが、どうかよしなにおつくろい下さい」などおっしゃいます。お話しなさりたいことはまだ一杯あったでしょうが、どうしようもなく気分が悪くなってきましたので、「もうお帰り

さまにて、院などにも聞こしめされたまはむを、つくろひたまへ」などのたまふ。言はまほしきことは多かるべけれど、心地せむ方なくなりにければ、

柏木「出でさせたまひね」と、手かききこえたまふ。

女宮にも、つひにえ対面しきこえたまはで、泡の消え入るやうにて亡せたまひぬ。

大臣、北の方などは、まして言はむ

下さい」と、手真似でうながされます。

女二の宮にも、とうとうお逢いすることが出来ないまま、柏木の衛門の督は、泡の消えるようにはかなくお亡くなりになってしまいました。

父の致仕の大臣や母北の方などは言いようもなく悲しく、自分たちこそ先に死にたかった、親が先立つという世間の道理に外れたこんなひどい逆縁が

方なく、我こそ先立ため、世のことわりなうつらいことと焦がれたまへど何のかひなし。

尼宮は、おほけなき心もうたてのみ思されて、世にながかれとしも思さざりしを、かくなむと聞きたまふはさすがにいとあはれなりかし。若君の御事をさぞと思ひたりしも、げに、かかるべき契りにてや思ひの外に心憂きこともありけむと思しよるに、さまざまも

情けないと、亡きお方を恋い焦がれていらっしゃいますが、何の甲斐もありません。

尼になられた女三の宮は、大それた衛門の督のひたむきな恋を、ただもう厭わしいだけにお思いでしたので、生き長らえてほしいとのお気持もなかったのです。それでも亡くなったとお聞きになりますと、さすがに衛門の督を哀れにお感じになるのでした。「衛門の督が若君の御事を、自分のお子だと思いこんでいたのも、なるほどこうなる筈の前世からの因縁によって、こうした思いもかけない情けない出来事も起こったのだろうか」と、思い当たられますと、あれもこれも心細いことば

の心細うてうち泣かれたまひぬ。

三月になれば、空のけしきものうらかにて、この君五十日のほどになりたまひて、いと白ううつくしう、ほどよりはおよすけて、物語などしたまふ。

大殿渡りたまひて、源氏「御心地はさはやかになりたまひにたりや。いでや、いとかひなくもはべるかな。例の御ありさまにてかく見なしたてまつら

かりで、泣き沈んでしまわれるのでした。

　三月になりますと、空の景色も何となくうららかで、この若君も五十日のお祝いをするほどになられました。若君はたいそう色が白くてお可愛らしく、日数にしてはお育ちもよく、口など早くもおききになります。

　源氏の院がおいでになられて、「御気分は爽やかにおなりですか。しかしまあ、実に張り合いのないことですね。これがもとのお姿のままで、元気におなりになったのを拝見するのでしたら、どんなに嬉しくお逢い出来たでしょう。辛くも情けなくもこのわたしを捨てて、御出家しておしまいになっ

ましかば、いかにうれしうはべらまし。心憂く思し捨てけること」と、涙ぐみて恨みきこえたまふ。

日々に渡りたまひて、今しも、やむごとなく限りなきさまにもてなしきこえたまふ。

本の心を知らぬことなれば、とり散らし、何心もなきを、いと心苦しうまばゆきわざなりやと思す。

御乳母たちは、やむごとなくめやす

たとは」と涙ぐんで怨み言をおっしゃいます。

毎日必ずお越しになって、尼になられた今のほうが、かえって、この上もなく大切に丁重にお世話なさっていらっしゃいます。

誰も若君の誕生の秘密については何も知らないので、女房たちが無心に遠慮なく振舞っているのを御覧になると、源氏の院は、とても辛くて見るに見かねて、目を背けたいようなお気持になられます。

御乳母たちは、身分の高い、器量のいい人たちばかりが大勢お仕えしています。源氏の院はその人たちをお呼び出しになって、若君に御奉仕する心得

きかぎりあまたさぶらふ。召し出でて、仕うまつるべき心おきてなどのたまふ。源氏「あはれ、残り少なき世に、生ひ出づべき人にこそ」とて、抱きとりたまへば、いと心やすくうち笑みて、つぶつぶと肥えて白ううつくし。大将などの児生ひほのかに思し出づるには似たまはず。女御の御宮たち、はた、父帝の御方ざまに、王気づきて気高うこそおはしませ、ことにすぐれ

などをお教えになります。「ああ、可哀そうに。わたしの余命ももう残り少ないというのに、これからこの子は育ってゆかねばならないのか」とおっしゃって、お抱き取りになりますと、若君は無邪気に、にこにこ笑いかけます。まるまると肥えたそのお顔は色が白く、とても可愛らしいのです。

夕霧の大将などの幼顔を、ぼんやりお思い出しになって比べても、似ていらっしゃいません。明石の女御のお生みになった宮たちもまた、父帝の御血筋を引かれて、いかにも皇族らしく高貴な感じですが、特に際立って美しい御器量でもありません。この若君は、たいそう気品の具わった上に愛嬌があ

てめでたうしもおはせず。この君、いとあてなるに添へて愛敬づき、まみのかをりて、笑がちなるなどをいとあはれと見たまふ。思ひなしにや、なほ、いとようおぼえたりかし。

この事の心知れる人、女房の中にもあらむかし、知らぬこそねたけれ、をこなりと見るらん、と安からず思せど、わが御咎あることはあへなむ、二つ言はむには、女の御ためこそいとほ

って、目もとが艶やかで美しく、にこやかなところなどを、とても魅力があると御覧になります。思いなしか、やはりあの柏木の衛門の督の俤によく似ているのです。

「この秘密を知っている者が、女房の中にはいることだろう。それが誰だか見当のつかない忌ま忌ましさ。さぞその女房はこんな自分を愚か者だと思っているだろう」と、心中穏やかではないのですが、「自分が嘲笑されるのは我慢もしよう、自分と女三の宮のどちらかと言えば、女のお立場の尼宮のほうがお可哀そうなのだ」などとお考えになって、そんなお心は顔色にもお出しになりません。

しけれ、など思して、色にも出だしたまはず。
いと何心なう物語して笑ひたまへる、まみ口つきのうつくしきも、心知らざらむ人はいかがあらむ、なほ、いとよく似通ひたりけり、と見たまふに、
親たちの、子だにあれかしと泣いたまふらむにもえ見せず、人知れずはかなき形見ばかりをとどめおきて、さば

若君がいかにも無心にお喋りして笑っていらっしゃる目もとや口つきの可愛らしさも、わけを知らない人はどう思うかわからないが、やはり御自分では柏木の衛門の督に、実によく似ているとお感じになります。

「衛門の督の両親が、せめて子供でも残しておいてくれたらと、嘆いていられるそうだけれど、このお子をお見せするわけにもいかない。人知れず、は

かり思ひあがりおよすけたりし身を、心もて失ひつるよ、とあはれに惜しければ、めざましと思ふ心もひき返し、うち泣かれたまひぬ。

人々すべり隠れたるほどに、宮の御もとに寄りたまひて、源氏「この人をばいかが見たまふや。かかる人を捨てて、背きはてたまひぬべき世にやありける。あな心憂」とおどろかしきこえたまへば、顔うち赤めておはす。


かない秘密の子だけをこの世に残して、あれほど気位高く老成して立派だった人なのに、自分から身を滅ぼしてしまったことよ」と不憫で惜しまれますので、憎む気持ちも思い直されて、思わずお泣きになるのでした。

お祝いが終って、女房たちがそっと座を退いた間に、源氏の院は尼宮のお側に近寄られて、「このお子をどう御覧になりますか。こんな可愛い人を見捨ててまで、出家なさるほどのことがあったでしょうか。ああ、ほんとうにお情けない」と、関心を呼び覚ますように申し上げますと、尼宮はお顔を赤らめていらっしゃいます。

大将の君は、女宮のかく世を背きたまへるありさま、おどろおどろしき御なやみにもあらで、すがやかに思したちけるほどよ、また、さりともゆるしきこえたまふべきことかは、二条の上の、さばかり限りにて、泣く泣く申したまふと聞きしをば、いみじきことに思して、つひにかくかけとどめたてまつりたまへるものを、など、とり集めて思ひくだくに

夕霧の大将は、「女三の宮がああして御出家なさったのも、それほどの重い御病状というわけでもなかったのに、よくまあ思いきりよく御決断なさったものだ。またそれにしても源氏の院がそれをやすやすお許しなさってよいものだろうか。二条の院の紫の上が、あれほどの危篤状態のさ中に、泣く泣く出家をお願いなさったと聞いたけれど、それをとんでもないこととお思いになり、とうとう今までお引きとめになられたものを」など、あれこれと思い出して、こまごまと考えをめぐらされます。

一条の女二の宮は、なおさらのことお悲しみも深く、御臨終にもお目にさ

一条宮には、ましておぼつかなうて別れたまひにし恨みさへ添ひて、日ごろ経るままに、広き宮の内人げ少なう心細げにて、親しく使ひ馴らしたまひし人は、なほ参りとぶらひきこゆ。

御前の木立いたうけぶりて、花は時を忘れぬけしきなるをながめつつ、もの悲しく、さぶらふ人々も鈍色にやつれつつ、さびしうつれづれなる昼つ

えかかれないままで死別なさった恨めしさまで、悲しみに加わって、日数が過ぎるにつれて、広い御殿のうちは、人の気配も少なく、心細そうにひっそりとお暮しです。衛門の督の御生前、お側近くお仕えした者たちは、今もやはりお見舞いにお伺いします。

お庭前の木立が一面に新芽をふいて煙るように見え、花は時を忘れず今年も咲く風情をぼんやりと眺めながら、お仕えする女房たちも、もの悲しい気持になり、鈍色の喪服をまとい、寂しい所在のない気分でいます。

そんなある日の昼頃のことでした。前駆の人々の先払いの声も賑やかに、門の前に車を止めた人があります。

方、前駆はなやかに追ふ音してここにとまりぬる人あり。「あはれ、故殿の御けはひとこそ、うち忘れては思ひつれ」とて泣くもあり。大将殿のおはしたるなりけり。

御息所も鼻声になりたまひて、「あはれなることは、その常なき世のさがにこそは。いみじとても、また、たぐひなきことにやはと、年つもりぬる人は、しひて心強うさましはべるを、さ

「まあ、まるで殿のおいでかと、ついお亡くなりになったことも忘れて、そう思ってしまいましたわ」と言って泣き出す女房もありました。それは夕霧の大将がお越しになったのでした。

御息所も鼻声になられて、「死別の悲しみは、無常の世の習いでございましょう。どんなに辛く悲しくても、ほかにまた世間に例のないことではなかろうと、年寄りのわたくしなどは、無理にも気を強くしてあきらめようといたします。でもまだお若い女二の宮が、すっかり悲しみに沈みきっておいでになられる御様子は、ほんとうに不吉なほどで、すぐにもお跡を追われそうに見えますので、何かにつけ悲しい

らに思し入りたるさまのいとゆゆしきまで、しばしもたち後れたまふまじきやうに見えはべれば、すべていと心憂かりける身の、今までながらへはべりて、かくかたがたにはかなき世の末のありさまを見たまへ過ぐすべきにやといと静心なくなむ。

いとうれしう浅からぬ御とぶらひのたびたびになりはべるめるを、ありがたうもと聞こえはべるも、さらばかの

ことの多かった不運なわたくしが、これまで生き長らえたあげく、こうしてあれやこれやと憂き目を見るようなはかない世の末の有り様を目にして過さなければならないのだろうかと、ほんとうに気もそぞろに嘆くばかりでございます。

ほんとうに嬉しいことに、ご懇切なお見舞いを度々頂戴いたしましたようで、この上なく有り難く感謝申し上げております。それでは御臨終の折にそんなお約束がございましたからでしたか。生前あの御方は、それほど深くこちらの女二の宮に愛情がおありのようには見えない御態度でしたけれど、臨終の際に、誰彼にこちらの宮のこと

御契りありけるにこそはと、思ふやうにしも見えざりし御心ばへなれど、いまはとてこれかれにつけおきたまひける御遺言のあはれなるになむ、うきにもうれしき瀬はまじりはべりける」とて、いといたう泣いたまふけはひなり。

大将も、とみにえためらひたまはず、「あやしう、いとこよなくおよすけたまへりし人の、かかるべうてや、

をお頼み下さったという御遺言が身にしみまして、こんな悲しみばかりの中にも、また嬉しい慰めもあるものでございました」と言って、ひどくお泣きになる御様子でした。

夕霧の大将も、すぐにはお心を静めることがお出来にならず、「あの衛門の督は不思議なほど、すべてにこの上なく老成していらっしゃいましたが、それもこんなに早死になさる御運命だったからでしょうか。この二、三年来は、ひどく鬱々と悩みありげに沈んでいられて、心細そうに見えました。あまり世の中の道理を識りすぎて、考え深くなってしまった人は、悟ってなまじ心境が澄みすぎ、そういう風になる

この二三年のこなたなむ、いたうしめりてもの心細げに見えたまひしかば、あまり世のことわりを思ひ知り、もの深うなりぬる人の、澄み過ぎて、かかる例、心うつくしからず、かへりてはあざやかなる方のおぼえ薄らぐものなりとなむ、常にはかばかしからぬ心に諫めきこえしかば、心浅しと思ひたまへりし。よろづよりも、人にまさりて、げにかの思し嘆くらむ御心の中

と、素直さがなくなって、かえってその人らしいいきいきした好さが見えなくなってしまうのではないかと、至らない考えのままに始終御忠告していたのです。衛門の督はそんなわたくしを思慮の浅い人間だとお思いのようでした。そんなことよりも、お言葉のように、この女二の宮が人一倍御愁傷でいらっしゃるお心の内は、畏れ多いことながら、ほんとうにお気の毒でなりません」などと、やさしく懇切にお慰めになって、いつもよりゆっくりお話ししてからお帰りになりました。

の、かたじけなけれど、いと心苦しうもはべるかな」など、なつかしうこまやかに聞こえたまひて、ややほど経てぞ出でたまふ。

かの君は、五六年のほどの年長なりしかど、なほいと若やかになまめき、あいだれてものしたまひし。これは、いとすくよかに重々しく、男々しきけはひして、顔のみぞいと若うきよらなること、人にすぐれたまへる。若

亡き衛門の督は、夕霧の大将より五、六歳年長でしたが、それでも実に若々しく優雅で、愛嬌がこぼれるようなお人柄でした。夕霧の大将のほうは非常にしっかりしていて生真面目で重々しく、男らしい雰囲気です。お顔だけは実にお若く、最高のお美しさが、格別でいらっしゃいます。若い女房たちは、喪中の悲しさも少しはまぎ

き人々は、もの悲しさも少し紛れて見出だしたてまつる。

致仕の大殿にやがて参りたまへれば、君たちあまたものしたまひけり。「こなたに入らせたまへ」とあれば、殿の御出居の方に入りたまへり。ためらひて対面したまへり。古りがたうきよげなる御容貌いたう痩せおとろへて、御髭などもとりつくろひたまはねばしげりて、親の孝よりもけにやつれ

れる気持で、そんな夕霧の大将をお見送りしています。

前の大臣のところに、帰りにそのまま立ち寄られますと、弟君たちが大勢集まっていらっしゃいました。「どうぞこちらへお入り下さい」と言われますので、寝殿の表座敷のほうへお入りになりました。大臣は悲しさをおし静めてから大将と御対面になりました。いつまでも老いを感じさせない若々しく端正なお顔だちが、今はたいそう痩せおとろえて、お髭などもお手入れなさらないので、伸び放題で、親の喪の時よりも子を失われた今度のほうが、目立っておやつれになっていらっしゃいます。

たまへり。

見たてまつりたまふよりいと忍びがたければ、あまりにをさまらず乱れ落つる涙こそはしたなけれと思へば、せめてぞもて隠したまふ。大臣も、とりわき御仲よくものしたまひしをと見たまふに、ただ降りに降り落ちて、えとどめたまはず、尽きせぬ御事どもを聞こえかはしたまふ。

御わざなど、世の常ならず、いかめ

夕霧の大将はその前の大臣のお姿を拝見なさるなり、とてもこらえきれなくなり、あまりにとめどなく乱れ落ちる涙を見苦しいと思いますので、強いて隠そうとなさいます。大臣も、夕霧の大将が亡き人と格別仲のいい間柄でいられたと思われるにつけ、ただもう涙が流れ落ちるばかりで、止めることがお出来になりません。語り尽くせない悲しいお気持を、お互いに話し合われるのでした。

四十九日の御法要などは、世間に例のないほど盛大になさいました。妹君の夕霧の大将の北の方はもとよりのこ

しうなむありける。大将殿の北の方をばさるものにて、殿は心ことに、誦経なども、あはれに深き心ばへを加へたまふ。かの一条宮にも、常にとぶらひきこえたまふ。

「あはれ、衛門督」といふ言ぐさ、何ごとにつけても言はぬ人なし。六条院には、まして、あはれと思し出づること、月日にそへて多かり。この若君を、御心ひとつには形見と見なしたま

と、大将御自身も御誦経の御布施に、深いお心のこもったものを特別にお加えになりました。あの一条の宮にも、夕霧の大将はいつもお見舞いにいらっしゃいます。

「ああ、可哀そうな衛門の督」という言いぐさが、何か言う度ごとに人の口に上らないことはありません。まして源氏の院は、可哀そうにとお思い出しになることが、月日がたつにつれて多くなります。御自分のお心の内では、この若君を衛門の督の形見と思っていらっしゃるけれど、ほかの人は思いも

へど、人の思ひよらぬことなれば、いとかひなし。秋つ方になれば、この君はゐざりなど。

よらないことですから、何の張り合いもありません。
秋の頃になりますと、この若君は這い這いなどなさいまして。

夢にも予想出来なかった女三の宮の密通を、突きつけられて以来の、源氏の受けた驚愕、狼狽、焦燥はさて置くとして、その後の女三の宮と柏木の関係はどうなったのか、読者としては最も気になるところである。「若菜」から引きつづいた柏木の衛門の督と女三の宮の道ならぬ悲恋の結末が描かれ息もつがせない。

「若菜 下」では、聡明の定評がありながら、女三の宮の愛猫を、さまざまな計略をめぐらして入手し、まるで女三の宮の身代わりのように、人に見たてて可愛がるという柏木が描かれていた。純情一途とも、滑稽とも見える柏木の性格が語られていた。若さの情熱にまかせて、前後の思慮も理性も見失う。女三の宮の寝所に闖入して、理不尽に恋の思いを遂げる大胆不敵さがあるかと思えば、密通が源氏に知られたとなると、たちまちその一睨みで萎縮してしまう小心さも持つ。この性格の矛盾が柏木の悲劇を生んだとも言えよう。

女三の宮のほうは、無理強いで、一方的に柏木に犯されて、妊娠までしたと思っているから、柏木に対してはあくまで冷淡で、憎んでさえいる。柏木は十二月の朱雀院の御賀の試楽の日に源氏に招かれ、盃も無理強いされ、痛烈な皮肉を浴びせられ、睨み据えられたため、それがこたえて、ノイローゼになり、どっと寝ついてしまった。病気は重くなる一方で新年を迎えている。

「柏木」は源氏四十八歳、柏木三十二、三歳、女三の宮二十二、三歳の正月からその年の秋までの話である。主に柏木の懊悩と死が描かれる。柏木は前年暮、父の前大臣の邸に引きとられたままで、妻の女二の宮とは別居中である。わけを知らない両親は自慢の長男の思いがけない病状に、悲しみ惑うばかりで、為すすべもない。柏木は死を覚悟している。

女三の宮は男の子（後の薫）を出産する。その子を自分の子と信じている柏木は、無事出産に感激するが、女三の宮は産後の衰弱と、生れた子に冷たい源氏への恐れから出家を望む。夜陰、ひそかに見舞った朱雀院は、女三の宮の懇請を容れ、源氏の反対を押し切ってその場で出家させてしまった。

柏木は女三の宮の出家を聞き、ますます重態になる。親友の夕霧が見舞った時、柏木は源氏の不興を買っていると告白し、そのとりなしと、あわせて、自分の死後、一条の宮邸に残されている妻の女二の宮を見舞ってくれという遺言をする。女三の宮の身代わりのつもりで異腹の姉宮と結婚した柏木は、この宮を不器量だと思い、落葉になぞらえて蔑視し、夫婦仲は冷たかった。死に臨んで女二の宮へのすまなさがこみあげてきたのである。柏木は間もなく他界する。女三の宮はさすがにあわれだと感じひそかに柏木のために泣く。

女二の宮のことを柏木の歌によって落葉の宮と、後世の読者は言い習わしているが、本文にはその呼称はほとんど使われていないし、これはさげすんだ言葉なので、私の訳では、女二の宮で通している。

源氏は赤子の五十日の祝いなど、表向きの儀式は自分の実子らしく、ことさら盛大に執り行うが、すすんで赤子を抱こうともしない。女の子なら、人目に触れさせず育てられたのに、男の子なので人目につき易く、もし実父の俤を伝えていたらどうしようという不安がある。日がたつにつれ源氏は赤子の顔つきに柏木に似たところを見て複雑な気持になる。夕霧は柏木の遺言と、女三の宮の唐突な出家とを思い合わせ、もしやという疑惑が心に芽生えている。

しかし何といってもこの帖は、純情一途な柏木の激しい恋の情熱の破局と、女三の宮の思いがけない出家という劇的な話が、緊張した筆つきで息もつがせぬ面白さで書かれていて、「若菜」について小説の醍醐味を味わわせてくれる。あの意志のない思慮の浅い女のように、これまで書かれてきた女三の宮が、出家を決断して以来、別人のような強さと気高さを現すことにも目を見張らされる。この瞬間、女三の宮の心の丈が、泣いて取りすがる源氏よりぐっと高くなったことに読者は愕く。

逆縁の不幸に泣き惑う、日頃は強く剛毅に見える柏木の父の前大臣の人間らしい弱さにも涙を誘われる。

（『すらすら読める源氏物語（下）』に続く）

☆本書は二〇〇五年七月に小社より刊行された『すらすら読める源氏物語（中）』を文庫化したものです（全三巻）。
☆本書に収録の「源氏物語」は、『新編日本古典文学全集』（小学館）の「源氏物語」を基本的には用い、『新日本古典文学大系』（岩波書店）「源氏物語」、『新潮日本古典集成』（新潮社）「源氏物語」、『有朋堂文庫　源氏物語』（有朋堂書店）なども参考にしました。
☆省略したところは、区切りのよいところで切り、やむをえず途中で切らざるをえなかった場合は、句読点をつけず改行しました。
☆現代語訳、解説は瀬戸内寂聴訳『源氏物語　巻一～巻十』（講談社文庫）のものを再構成し、加筆したものです。

|著者| 瀬戸内寂聴　1922年、徳島県生まれ。東京女子大学卒。'57年「女子大生・曲愛玲」で新潮社同人雑誌賞、'61年『田村俊子』で田村俊子賞、'63年『夏の終り』で女流文学賞を受賞。'73年に平泉・中尊寺で得度、法名・寂聴となる（旧名・晴美）。'92年『花に問え』で谷崎潤一郎賞、'96年『白道』で芸術選奨文部大臣賞、2001年『場所』で野間文芸賞、'11年『風景』で泉鏡花文学賞を受賞。1998年『源氏物語』現代語訳を完訳。2006年、文化勲章受章。また、95歳で書き上げた長篇小説『いのち』が大きな話題になった。他の著書に『愛することば あなたへ』『命あれば』『97歳の悩み相談 17歳の特別教室』『寂聴 九十七歳の遺言』『はい、さようなら。』『悔いなく生きよう』『笑って生ききる』『愛に始まり、愛に終わる 瀬戸内寂聴108の言葉』『その日まで』など。2021年11月逝去。

すらすら読める源氏物語（中）

瀬戸内寂聴

定価はカバーに
表示してあります

2023年２月15日第１刷発行

発行者──鈴木章一
発行所──株式会社　講談社
東京都文京区音羽2-12-21　〒112-8001
電話　出版（03）5395-3510
　　　販売（03）5395-5817
　　　業務（03）5395-3615

KODANSHA

Printed in Japan

デザイン──菊地信義
本文データ制作──講談社デジタル製作
印刷──株式会社KPSプロダクツ
製本──株式会社国宝社

ISBN978-4-06-530315-3

講談社文庫刊行の辞

二十一世紀の到来を目睫に望みながら、われわれはいま、人類史上かつて例を見ない巨大な転換期をむかえようとしている。

世界も、日本も、激動の予兆に対する期待とおののきを内に蔵して、未知の時代に歩み入ろうとしている。このときにあたり、創業の人野間清治の「ナショナル・エデュケイター」への志を現代に甦らせようと意図して、われわれはここに古今の文芸作品はいうまでもなく、ひろく人文・社会・自然の諸科学から東西の名著を網羅する、新しい綜合文庫の発刊を決意した。

激動の転換期はまた断絶の時代である。われわれは戦後二十五年間の出版文化のありかたへの深い反省をこめて、この断絶の時代にあえて人間的な持続を求めようとする。いたずらに浮薄な商業主義のあだ花を追い求めることなく、長期にわたって良書に生命をあたえようとつとめるところにしか、今後の出版文化の真の繁栄はあり得ないと信じるからである。

同時にわれわれはこの綜合文庫の刊行を通じて、人文・社会・自然の諸科学が、結局人間の学にほかならないことを立証しようと願っている。かつて知識とは、「汝自身を知る」ことにつきていた。現代社会の瑣末な情報の氾濫のなかから、力強い知識の源泉を掘り起し、技術文明のただなかに、生きた人間の姿を復活させること。それこそわれわれの切なる希求である。

われわれは権威に盲従せず、俗流に媚びることなく、渾然一体となって日本の「草の根」をかたちづくる若く新しい世代の人々に、心をこめてこの新しい綜合文庫をおくり届けたい。それは知識の泉であるとともに感受性のふるさとであり、もっとも有機的に組織され、社会に開かれた万人のための大学をめざしている。大方の支援と協力を衷心より切望してやまない。

一九七一年七月

野間省一

講談社文庫 最新刊

横山光輝
山岡荘八・原作
漫画版 徳川家康 2
竹千代は織田家から今川家の人質に。元服して今川義元の姪と結婚、元康と改名する。

横山光輝
山岡荘八・原作
漫画版 徳川家康 3
桶狭間で義元が戦死、元康は岡崎城主に。織田と同盟し姉川の戦いを経て武田信玄に向かう。

夏原エヰジ
Cocoon（コクーン）
〈京都・不死篇4―嗄―〉
同志への愛ゆえ一時生き鬼となった瑠璃はひとり黄泉を行く。人気シリーズ新章第四弾！

三國青葉
福猫屋
〈お佐和のねこかし〉
新商売「猫茶屋」が江戸で大繁盛。猫好きにはたまらない書下ろし・あったか時代小説！

法月綸太郎
雪密室
〈新装版〉
雪の上に足跡ひとつ残さず消えた犯人。雪と鍵、二重の密室トリックに法月親子が挑む！

稲葉なおと
ホシノカケラ
伝説のヴォーカル・香田起伸。その初めてのソロライブを創りあげるために戦う男たち。

講談社タイガ

城平京
虚構推理短編集
〈岩永琴子の密室〉
黒いベールを纏う老女。政財界で栄華を極めた彼女の過去には秘密の〝密室〟殺人があった。

なみあと
占い師オリハシの嘘2
〈偽りの罪状〉
占い師オリハシに廃業の危機!? 〝超常現象（オカルト）〟を人知で解き明かす禁断のミステリー第2巻！

講談社文芸文庫

フローベール　蓮實重彥 訳

三つの物語／十一月

解説＝蓮實重彥

生前発表した最後の作品集『三つの物語』と、若き日の恋愛を描き『感情教育』の母胎となった「十一月」。『ボヴァリー夫人』と並び称される名作を第一人者の訳で。

フＤ１
978-4-06-529421-5

小島信夫

各務原・名古屋・国立

解説＝高橋源一郎　年譜＝柿谷浩一

妻が患う認知症が老作家にもたらす困惑と生活の困難。生涯追い求めた文学表現探求の試みに妻との混乱した対話が重ね合わされ、より複雑な様相を呈する――。

こＡ11
978-4-06-530041-1

講談社文庫 目録

講談社文庫　目録

講談社文庫 目録

高田崇史 神の時空 伏見稲荷の轟雷
高田崇史 神の時空 五色不動の猛火
高田崇史 神の時空 京の天命
高田崇史 神の時空 前紀〈女神の功罪〉
高田崇史 鬼棲む国、出雲〈古事記異聞〉
高田崇史 オロチの郷、奥出雲〈古事記異聞〉
高田崇史 京の怨霊、元出雲〈古事記異聞〉
高田崇史 鬼統べる国、大和出雲〈古事記異聞〉
高田崇史 源平の怨霊〈小余綾俊輔の最終講義〉
高田崇史ほか 読んで旅する鎌倉時代
団鬼六 悦楽王〈鬼プロ繁盛記〉
高野和明 13階段
高野和明 グレイヴディッガー
高野和明 6時間後に君は死ぬ
大道珠貴 ショッキングピンク
高木徹 ドキュメント 戦争広告代理店〈情報操作とボスニア紛争〉
田中啓文 件〈もの言う牛〉
高嶋哲夫 メルトダウン
高嶋哲夫 命の遺伝子

高嶋哲夫 首都感染
高野秀行 西南シルクロードは密林に消える
高野秀行 アジア未知動物紀行 ベトナム・奄美・アフガニスタン
高野秀行 イスラム飲酒紀行
高野秀行 移民の宴〈日本に移り住んだ外国人の不思議な食生活〉
高野秀行 角幡唯介 地図のない場所で眠りたい
田牧大和 花合せ〈濱次お役者双六〉
田牧大和 質草破り〈濱次お役者双六 二ます目〉
田牧大和 翔ぶ梅〈濱次お役者双六 三ます目〉
田牧大和 半可心中〈濱次お役者双六〉
田牧大和 長屋狂言〈濱次お役者双六〉
田牧大和 錠前破り、銀太
田牧大和 錠前破り、銀太 紅蜆
田牧大和 錠前破り、銀太 首魁
田牧大和 大福三つ巴〈宝来堂うまいもん番付〉
田中慎弥 完全犯罪の恋
高野史緒 カラマーゾフの妹
高野史緒 翼竜館の宝石商人
高野史緒 大天使はミモザの香り

瀧本哲史 僕は君たちに武器を配りたい〈エッセンシャル版〉
竹吉優輔 襲名犯
高田大介 図書館の魔女 第一巻 第二巻
高田大介 図書館の魔女 第三巻 第四巻
高田大介 図書館の魔女 烏の伝言(上)(下)
大門剛明 完全無罪
大門剛明 死刑評決
橘もも 著 沖田×華 原作 安達奈緒子 脚本 小説 透明なゆりかご(上)(下)〈「完全無罪」シリーズ〉
橘もも 著 ヤマシタトモコ 原作 相沢友子 脚本 さんかく窓の外側は夜〈映画版ノベライズ〉
橘もも 脚本 三木聡 大怪獣のあとしまつ〈映画ノベライズ〉
滝口悠生 高架線
高山文彦 ふたり〈皇后美智子と石牟礼道子〉
高橋弘希 日曜日の人々
武田綾乃 青い春を数えて
谷口雅美 殿、恐れながらブラックでござる
谷口雅美 殿、恐れながらリモートでござる
武川佑 虎の牙
武内涼 謀聖 尼子経久伝〈青雲の章〉
武内涼 謀聖 尼子経久伝〈風雲の章〉

講談社文庫　目録

武内　涼　謀聖　尼子経久伝〈瑞雲の章〉
陳　舜臣　中国五千年(上)(下)
陳　舜臣　中国の歴史　全七冊
陳　舜臣　小説十八史略　全六冊
千早　茜　森の家
千野隆司　大店の暖簾〈下り酒一番〉
千野隆司　分家の始末〈下り酒一番(二)〉
千野隆司　献上の祝酒〈下り酒一番(三)〉
千野隆司　大酒の合戦〈下り酒一番(四)〉
千野隆司　銘酒の真贋〈下り酒一番(五)〉
千野隆司　追跡
知野みさき　江戸は浅草
知野みさき　江戸は浅草2〈盗人探し〉
知野みさき　江戸は浅草3〈桃と桜〉
知野みさき　江戸は浅草4〈冬青灯籠〉
崔　実　ジニのパズル
崔　実　pray human
筒井康隆　創作の極意と掟
筒井康隆　読書の極意と掟

筒井康隆ほか12名　名探偵登場！
都筑道夫　なめくじに聞いてみろ〈新装版〉
辻村深月　冷たい校舎の時は止まる(上)(下)
辻村深月　子どもたちは夜と遊ぶ(上)(下)
辻村深月　凍りのくじら
辻村深月　ぼくのメジャースプーン
辻村深月　スロウハイツの神様(上)(下)
辻村深月　名前探しの放課後(上)(下)
辻村深月　ロードムービー
辻村深月　ゼロ、ハチ、ゼロ、ナナ。
辻村深月　V.T.R.
辻村深月　光待つ場所へ
辻村深月　ネオカル日和
辻村深月　島はぼくらと
辻村深月　家族シアター
辻村深月　図書室で暮らしたい
辻村深月　噛みあわない会話と、ある過去について
新川直司 漫画　辻村深月 原作　コミック　冷たい校舎の時は止まる(上)(下)
津村記久子　ポトスライムの舟

津村記久子　カソウスキの行方
津村記久子　やりたいことは二度寝だけ
津村記久子　二度寝とは、遠くにありて想うもの
恒川光太郎　竜が最後に帰る場所
月村了衛　神子上典膳
月村了衛　悪の五輪
辻堂　魁　落暉に燃ゆる〈大岡裁き再吟味〉
辻堂　魁　山桜花〈大岡裁き再吟味〉
フランソワ・デュボワ　太極拳が教えてくれた人生の宝物〈中国・武当山90日間修行の記〉
手塚マキと歌舞伎町ホスト80人 from Smappa! Group　ホスト万葉集〈文庫スペシャル〉
土居良一　海翁伝
鳥羽　亮　金貸し権兵衛〈鶴亀横丁の風来坊〉
鳥羽　亮　提灯斬り〈鶴亀横丁の風来坊〉
鳥羽　亮　お京危うし〈鶴亀横丁の風来坊〉
鳥羽　亮　狙われた横丁〈鶴亀横丁の風来坊〉
東郷　隆　上田　信 絵　【絵解き】雑兵足軽たちの戦い〈歴史・時代小説ファン必携〉
堂場瞬一　八月からの手紙
堂場瞬一　壊れる心〈警視庁犯罪被害者支援課〉
堂場瞬一　邪心〈警視庁犯罪被害者支援課2〉

講談社文庫　目録

なかにし礼 生きる力〈心でがんに克つ〉
なかにし礼 夜の歌(上)(下)
中村文則 最後の命
中村文則 悪と仮面のルール
編/解説 中田整一 真珠湾攻撃総隊長の回想〈淵田美津雄自叙伝〉
中田整一 四月七日の桜〈戦艦「大和」と伊藤整一の最期〉
中村江里子 女四世代、ひとつ屋根の下
中野美代子 カスティリオーネの庭
中野孝次 すらすら読める方丈記
中野孝次 すらすら読める徒然草
中山七里 贖罪の奏鳴曲(ソナタ)
中山七里 追憶の夜想曲(ノクターン)
中山七里 恩讐の鎮魂曲(レクイエム)
中山七里 悪徳の輪舞曲(ロンド)
長島有里枝 背中の記憶
長浦京 赤刃(セキジン)
長浦京 リボルバー・リリー
中脇初枝 世界の果てのこどもたち
中脇初枝 神の島のこどもたち

中村ふみ 天空の翼 地上の星
中村ふみ 砂の城 風の姫
中村ふみ 月の都 海の果て
中村ふみ 雪の王 光の剣
中村ふみ 永遠(とわ)の旅人 天地の理(ことわり)
中村ふみ 大地の宝玉 黒翼(こくよく)の夢
中村ふみ 異邦の使者 南天の神々
夏原エヰジ Cocoon〈修羅の目覚め〉
夏原エヰジ Cocoon2〈蠱惑の焔〉
夏原エヰジ Cocoon3〈幽世の祈り〉
夏原エヰジ Cocoon4〈宿縁の大樹〉
夏原エヰジ Cocoon5〈瑠璃の浄土〉
夏原エヰジ 連理の宝〈Cocoon外伝〉
夏原エヰジ Cocoon〈京都・不死篇―蠢(しゅん)―〉
夏原エヰジ Cocoon〈京都・不死篇2―疼(とう)―〉
夏原エヰジ Cocoon〈京都・不死篇3―愁(しゅう)―〉
長岡弘樹 夏の終わりの時間割
西村京太郎 華麗なる誘拐
西村京太郎 寝台特急(メモリー・トレイン)「日本海」殺人事件

西村京太郎 十津川警部 帰郷・会津若松
西村京太郎 特急(アリバイ・トレイン)「あずさ」殺人事件
西村京太郎 十津川警部の怒り
西村京太郎 宗谷本線殺人事件
西村京太郎 奥能登に吹く殺意の風
西村京太郎 特急(スーサイド・トレイン)「北斗1号」殺人事件
西村京太郎 十津川警部 湖北の幻想
西村京太郎 九州特急「ソニックにちりん」殺人事件
西村京太郎 東京・松島殺人ルート
西村京太郎 新装版 殺しの双曲線
西村京太郎 新装版 名探偵に乾杯
西村京太郎 南伊豆殺人事件
西村京太郎 十津川警部 青い国から来た殺人者
西村京太郎 新装版 天使の傷痕
西村京太郎 新装版 D機関情報
西村京太郎 十津川警部 猫と死体はタンゴ鉄道に乗って
西村京太郎 韓国新幹線を追え
西村京太郎 北リアス線の天使
西村京太郎 十津川警部 長野新幹線の奇妙な犯罪

西村京太郎 上野駅殺人事件
西村京太郎 京都駅殺人事件
西村京太郎 沖縄から愛をこめて
西村京太郎 十津川警部「幻覚」
西村京太郎 函館駅殺人事件
西村京太郎 内房線の猫たち〈異説里見八犬伝〉
西村京太郎 東京駅殺人事件
西村京太郎 長崎駅殺人事件
西村京太郎 十津川警部 愛と絶望の台湾新幹線
西村京太郎 西鹿児島駅殺人事件
西村京太郎 札幌駅殺人事件
西村京太郎 十津川警部 山手線の恋人
西村京太郎 仙台駅殺人事件
西村京太郎 七人の証人〈新装版〉
西村京太郎 十津川警部 両国駅3番ホームの怪談
西村京太郎 午後の脅迫者〈新装版〉
西村京太郎 びわ湖環状線に死す
仁木悦子 猫は知っていた〈新装版〉
新田次郎 新装版 聖職の碑

日本文芸家協会編 愛染夢灯籠〈時代小説傑作選〉
日本推理作家協会編 犯人たちの部屋〈ミステリー傑作選〉
日本推理作家協会編 隠された鍵〈ミステリー傑作選〉
日本推理作家協会編 Play推理遊戯〈ミステリー傑作選〉
日本推理作家協会編 Doubtきりのない疑惑〈ミステリー傑作選〉
日本推理作家協会編 Bluff騙し合いの夜〈ミステリー傑作選〉
日本推理作家協会編 ベスト8ミステリーズ2015
日本推理作家協会編 ベスト6ミステリーズ2016
日本推理作家協会編 ベスト8ミステリーズ2017
日本推理作家協会編 2019ザ・ベストミステリーズ
二階堂黎人 ラン迷宮〈二階堂蘭子探偵集〉
二階堂黎人 増加博士の事件簿
二階堂黎人 巨大幽霊マンモス事件
新美敬子 猫のハローワーク
新美敬子 猫のハローワーク2
新美敬子 世界のまどねこ
西澤保彦 新装版 七回死んだ男
西澤保彦 人格転移の殺人
西村健 ビンゴ

西村健 地の底のヤマ(上)(下)
西村健 光陰の刃(上)(下)
西村健 目撃
楡周平 修羅の宴(上)(下)
楡周平 バルス
楡周平 サリエルの命題
西尾維新 クビキリサイクル〈青色サヴァンと戯言遣い〉
西尾維新 クビシメロマンチスト〈人間失格・零崎人識〉
西尾維新 クビツリハイスクール〈戯言遣いの弟子〉
西尾維新 サイコロジカル(上)〈兎吊木垓輔の戯言殺し〉(下)〈曳かれ者の小唄〉
西尾維新 ヒトクイマジカル〈殺戮奇術の匂宮兄妹〉
西尾維新 ネコソギラジカル(上)〈十三階段〉
西尾維新 ネコソギラジカル(中)〈赤き征裁vs.橙なる種〉
西尾維新 ネコソギラジカル(下)〈青色サヴァンと戯言遣い〉
西尾維新 ダブルダウン勘繰郎 トリプルプレイ助悪郎
西尾維新 零崎双識の人間試験
西尾維新 零崎軋識の人間ノック
西尾維新 零崎曲識の人間人間
西尾維新 零崎人識の人間関係 匂宮出夢との関係

講談社文庫　目録

講談社文庫　目録

2022年12月15日現在